獨白

愛情裡最讓人難過的，不是你後來不愛我了，
而是你從來都不知道我喜歡你……

東燁（穹風）著

太遠的是離去的年月，

不遠的是我依然記得擦肩而過時，你最後的目光。

若那已是故事的最後結尾，

就不該在平鏡幽寧之際又遇見這樣的人。

你說，好久不見；我說，好久不見。

我常在想，

如果有一種愛是註定了在命運中必然要遭際的，

那麼，我希望遇見的從來都只是你。

01

一改昨日的晴空，從半夜裡就下起雨來，徐子尚從睡夢中被雨聲驚醒，矇矓間還以為自己聽錯，等他會意到外面已經滂沱，那晾在小陽台上的衣服早已濕了大半。翌日，穿著溽濕的襯衫時，他心裡滿是懊惱，沒想到颱風都還沒登陸，怎麼雨水已經先到，只怪自己太忽略氣象報告，一早，刷牙時看著電視，才知道全島都已陷入水氣環流的籠罩之中，而踏出家門，穿上雨衣之際，他更啐了兩口，颱風假呢？馬路都積水了，但偏偏有雨無風，政府還不打算宣佈放假，非得讓他到了公司，忙活一上午後，才要讓大家又冒雨回家嗎？

設計雖然獨立成一個部門，但連他在內也不過三個員工，工作非常繁重，人員流動極為迅速，才短短一年多，他就從最資淺的菜鳥，一舉躍升為部門負責人，那並非表現優異，純粹只是職位愈高，壓力愈大，前面的人幹不下去，辭呈一遞，後面的人就順位補上，他莫名其妙地加薪，也莫名其妙地一天比一天晚下班，曾有一陣子，他都覺得自己不如在公司打地鋪算了。

即使穿了雨衣也無濟於事，全身濕黏黏的，只是他已經搞不清楚，水氣究竟是來自昨晚那場突如其來的大雨，或者是騎車來上班的途中才滲進雨衣裡的。沒時間理會那些了，一坐下就急著開電腦，把資料存取進隨身碟裡，交代完幾件工作進度上需要追緊的要點後，他匆匆又進會議室，推開門時，才想起自己剛把一包小茶葉放進保溫杯裡，連熱水都忘了添，還擱在桌上，想回頭去拿，然而會議室的門已經開了一半，裡面一群人紛紛轉頭看過來，有些為難，但也只好作罷。

星期三早上有兩場會議，第一場是品牌部的例會，現場最高負責人是該部門主管，這一場本來與他無關，儘管品牌部是設計部的上游單位，但很多東西都是品牌部決定了，再交由設計部門執行即可，所以品牌部這邊開什麼會，基本上與他這個設計部主管無關。之所以這麼早就踏進會議室，主要是為了第二場做準備，待會兒的品牌開發會議，各部門主管都要到場，他也得負責簡報，所以才只好在品牌部例會時，先進來張羅些投影片與樣品的設置。

一邊忙，一邊聽著品牌部門開會，徐子尚一直覺得，公司似乎不是非常重視他們這些設計人員，老闆信賴品牌部，視之為公司的核心層級，什麼都與他們討論，不管各類文宣、廣告，或者產品的形象，以及品牌塑造等等都是，這家創業才剛滿十年的食品公司，有的是亟待開發的各項業務，而這些都由品牌部一手包辦。

他們現在正討論的一個案子，是品牌企畫組所提出的，那個叫作艾蜜莉的小女生才剛進公司不久，負責平面與電子雜誌的廣告編排。這些內容當然與徐子尚無關，他一邊做自己的事，一邊心不在焉地偶爾聽上幾句。

艾蜜莉結束簡報後，跟著是主管開口：「整篇文章還算四平八穩，但妳很多措辭語氣其實都不夠明確，有些贅字最好也要修掉，還有，整篇文章的邏輯不太順，妳最好多留意這一點。」指指點點了一番，品牌部主管名叫蓉妮，但個性一點也不像名字的嬌柔，她有一張不太愛笑的臉孔，眼神總是充滿冷峻與理智，拿起紅筆來，在艾蜜莉提交的文件上不斷畫圈跟打叉，最後遞回去的是一張紅色斑斑的企畫稿，蓉妮說：「今天下午六點之前改好，記得把整個配色都換掉，這個妳去跟設計再討論過。」說著，她還不經意地瞄過來一眼，視線交會時，徐子尚本來抬起的頭又低了下去。

「另外，品牌訴求要掌握好，妳今天開發這個副品牌，到底想賣給誰？我看來看去都看不出來，到底是賣給學生，還是賣給家庭主婦？這產品要不要分拆包裝，走哪一種通路，妳都沒有確實指出來，這種價值趨近於零的企畫案，下次不要在會議上提出來浪費大家時間。」說完，她也不管艾蜜莉幾乎流下的眼淚，轉過頭，冷冷地對著品牌部的另一位同仁，接過了下一個提案內容，跟著又是一番批改。

徐子尚默默地做完自己手邊的事，但人家還在開會，他也不好堂而皇之地進進出出，只能坐在一旁的電腦桌邊乾等，早上被雨水淋到，現在襪子還濡濕著，他兩隻腳底板只能在桌面下不斷蠕動，好減少一點不舒適的感覺。

好不容易撐到這場會議結束，緊接著就是品牌開發會，品牌部那些小職員們魚貫而出時，也是公司其他各部門主管紛紛踏進來之際，徐子尚趁著人員進出的空隙，悄悄把襪子脫了下來，而另一邊，蓉妮始終坐在座位上，正好整以暇地翻閱著手邊的資料，頭也沒抬起來看上一眼，竟像完全不覺得身邊有人似的。本來這場各部門主管齊聚的會議應該要由老闆主持，然而最近公司正在進行併購馬來西亞廠商的大計，老闆出國視察，所以才由蓉妮擔任代理。

品牌部主管的強勢是每個人都知道的，她不但對自己部門裡的同事嚴格以待，就連這種主管會議也絲毫不假辭色，會議中很多人的報告內容，都讓蓉妮給頂了回去，瞧那些平常頗能獨當一面的主管們，每個人都灰頭土臉的模樣，徐子尚心裡也隱隱不安著。

「你們那邊的進度呢？」等蓉妮料理完那幾個主管後，她這才問徐子尚：「都拖了好幾天了，是應該提出來討論了吧？我記得老闆出國前就吩咐過，我也把案子發下去了，為什麼一點消息都沒有？」

徐子尚嘆口氣，該來的總是要來，他把隨身碟接上會議室裡的電腦，最近公司的幾樣產品正在改款包裝，有些被整合成系列，必須整個重新設計，他就是為了這案子而焦頭爛額。投影片剛開始播放，才過不了幾張，蓉妮從本來不斷搖著頭，到後來索性揮手打斷，要他先別播放了。

「我在你的簡報裡看不出系列的整合效果。」蓉妮直截了當地說。

「簡報是平面的，比較看不出來，可以看看樣品……」他的手一比，與會眾人紛紛轉頭，看向半小時前才剛擺好的樣品，然而蓉妮的視線卻動也不動，她根本不瞧上一眼，卻打斷了徐子尚的話，她說：「你打樣之前有問過我們品牌部的意見嗎？這些設計稿為什麼直接就拿去打樣了？它能呈現出什麼系列效果呢？」

「我們利用的是字體跟商標，還有一致性的配色。」徐子尚說。

「如果客人沒仔細看字體跟商標呢？一個包裝最重要的不就是配色跟圖樣嗎？你為什麼要捨本逐末，去弄那些東西？」話匣子一開，蓉妮跟著就說：「再說，這顏色是怎麼回事？原本是葡萄配紫色、柳橙配橘色、青蘋果配綠色，再加上草莓配紅色，這不是很符合餅乾口味的形象嗎？為什麼一改版就變得五顏六色？別說是消費者了，連我都看不出來哪一包裡面裝的是什麼口味，如果連我們自己人都看不懂，那你拿到市面上要怎麼賣？」從顏色開始，一路批評到包裝的字體大小，蓉妮對所有的內容都極不滿意，最後她叫人把會議室的燈光打開，對著臉色已經臭到不行的徐子尚說：「如果這就是你們設計部忙了一兩個星期後的成果，那我只能說，這成果讓我非常失望。」

徐子尚知道蓉妮是什麼個性，除了老闆之外，她就是唯一的女王，若干年來，她在這公司能一路爬到這種一人之下，數十人之上的大位置，絕對不是浪得虛名，如何掌握一個品牌，她肯定有自己的一套哲學，而且老闆就吃她那一套，就算大家未必認同，卻是誰也駁不了口。而徐子尚自己也明白，身為一個設計師，他需要的就是與眾不同的思維方式，他要做的，就是在市場浪潮中另闢蹊徑，在眾多商品的競爭中殺出一條血路，每一種改革與創新都難免遇到反彈，而唯有堅持到最後的人，才能獲得最後勝利，這一點，他跟設計部的另外兩個同事都深信不疑，不過，這樣的理念看來不太合乎蓉妮的胃口。

「我們設計部裡討論過，確實這跟原本的包裝是反其道而行，但我們認為，這或許可以是一種新的嘗試，畢竟現在……」

「或許？你剛剛說什麼？或許？我是不是聽錯了？」打斷徐子尚的發言，蓉妮用誇張的語氣，放大了音量，說：「我們沒有千億資本，經不起一次你們在『或許』上的失敗，你們做過市調嗎？能提出數據嗎？這個嘗試有任何根據嗎？如果都沒有，那你憑什麼認為你的嘗試會成功？一旦失敗，請問你徐子尚可以負責嗎？這裡有那麼多部門主管在，你問問他們，誰敢替你背書？」

然後他就無言了，儘管滿肚子裡有千萬句可以反駁的話，但在這麼咄咄逼人的場面裡，他竟是一個字也吐不出來，那些關於原創的理念、設計的精神，以及大膽冒險的種種想法，全都被重視數據與現實考量的蓉妮給擋在門外，而現場所有人噤若寒蟬，也沒人敢替他說上一句話。

「你如果有什麼想說的話，最好現在說出來，趁早趕快解決，不要弄到最後無可收拾了才讓老闆跳腳。」蓉妮直盯著他說。

「我只想告訴妳，認識這麼久了，妳知道我不會做那種空穴來風的嘗試，也不是那種會憑著一股衝動就輕率冒險的人。」徐子尚壓抑所有的不滿，一個字一個字慢慢說著，但他也察覺到自己全身有輕微的顫抖。

「我知道你不是那種人，但那不表示你的設計就一定值得投資，尤其是站在一個務利的立場上看，公司追求的是利潤，而不是沒有評估過的冒險行為，」蓉妮斬釘截鐵地說：「至少在我眼裡看來，這個案子真的不行。甚至，不只是這個案子，你自從接任設計部的主管後，很多案子都是這樣。」

那瞬間，徐子尚有種氣填胸臆的感覺，他完全不能理解，自己這一年多來，所做的到底還有什麼價值，當初可是蓉妮一力邀請，找他到公司來上班的，怎麼現在反而說出這種話來？他還記得自己剛到設計部時，曾針對幾個早期的包裝做過改善，得到老闆跟其他主管們大加讚賞的驕傲，也記得自己在這段時間裡戰戰競競，不斷付出的辛苦滋味，那些以前可是大家都有目共睹的，怎麼難道那些現在都不被承認了嗎？

他有些放空，腦袋裡充塞的是不斷拉扯的滋味，他忽地想起自己從學校畢業後，那種想成為一位優秀設計師的滿腔抱負，與立志要發光發熱的熱血豪邁，也想起自己在這家公司裡所遭遇到的挫折，多少個案子，他率領的設計部總是提出那些被打回票的意見，甚至品牌部根本不給他們參與構思的機會，每次丟過來的，盡是一些徐子尚根本不屑或難以認同的設計方式，他表達過太多次的反對，不過老闆永遠聽不見了，他只信任蓉妮的觀點而已，這些長期累積的無奈感頓時全都湧上心頭，等再回神時，蓉妮已經又說了好幾句話，而他只聽到最後這句：「如果這就是你真正的實力，那我真的、真的，不得不懷疑你在設計團隊裡的領導價值。」

「妳認為我坐不起這個位置嗎？」不知怎地，當著全場所有主管的面，他脫口而出，雙眼裡忽然滿是平靜，看著蓉妮。

「從你最近的表現看來，我確實存疑。」蓉妮毫不猶豫地點頭。

「那好，」也點頭，徐子尚拔下插在電腦主機上的隨身碟，放進自己口袋裡，說：「我可以辭職，妳去告訴老闆，讓他另請高明。」說完，也不管會議室裡所有人瞠目結舌的反應，直接走到門口，回頭，是蓉妮一臉錯愕而震怒的模樣，他說：「妳對下屬的要求標準太高，我當不起，所以我決定辭職，退回去，只當妳男朋友就好，這樣總行了吧？」

當你走出舊的束縛後，才會看見新的天空裡，有我。

02

以前，她很喜歡自己的名字，周芯桐，這名字有草有木，極符合父親的喜好，而且帶著一絲恬於農野的氣息。不過後來她慢慢發現，當全世界都只叫她小桐的時候，三個字的全名遂慢慢失去了意義，更慘的是，每當有人連名帶姓叫她，往往都不會有什麼好事情。

「周芯桐，妳這個點子說起來是不錯，但不管我怎麼看，都覺得妳用的手法並不能算是設計，頂多只能叫作『向大師致敬』。」以前教過設計概論，長相很類似國中歷史課本裡的北京人，還操著怪異的、不曉得哪一省口音的秦老師今天早上就這樣連名帶姓地叫過她。

「不是我愛挑剔，但是……周芯桐哪，」到了中午，容貌猥瑣，一雙眼睛老給人某種鬼祟感覺的何老師又叫了一次她的名字，說：「妳知道現代設計最重視什麼嗎？還記得嗎？環保，環保，記得要環保呀！妳用這麼多塑膠材質的東西，這東西真的符合環保精神嗎？」

她已經不太記得自己當年究竟為什麼會選擇這科系，只知道讀了三年後，心裡充滿了矛盾與挫折，矛盾是因為距離畢業只剩最後一年，這時候別說妄想重考了，就算轉學或轉系也都來不及了，而挫折則在於當班上同學們為了畢業製作，紛紛糾集志同道合的三五好友要湊成組時，她大名鼎鼎，向來表現優異，堪稱設計系裡一時之選的周芯桐，居然連個可以一同製作的夥伴都找不到。有些人認為她總是孤芳自賞，有些人埋怨她驕傲固執，有些人則更明顯地將憎惡寫在臉上，對她惶惶然著落無門的處境視若無睹。弄到最後，她只能捨棄與人合作的打算，看著別人熱烈討論，自己卻在組員名單裡，填上了何等寂寞的名字。

不過自己一組其實也不無好處，起碼可以省去討論的冗長費事，她的想法很簡單，就直接從興趣出發，做個包裝設計也好，這年頭不管賣的是什麼，要想引人注意，除了產品本身的優劣，當然最不可或缺的就是包裝設計。大三下學期，有些組別的提案很順利就通過，可以趁早開始張羅；有些命運多舛的，則到了暑假還在原地打轉，一點頭緒也沒有。看著那些楚囚對泣，一點辦法也想不出來，還不斷在鬼打牆地「討論」個沒完的同學，小桐忽然有點慶幸，還好自己這一組裡沒有別人，只要參加大評的老師們允可，她愛做什麼都行。

「妳今天怎麼樣？」吃便當時，平常還算有點交情的郁青晃過來問她，小桐剛把一塊叉燒肉塞到嘴裡，沒空說話，但她搖頭，臉上有無奈。

大四都還沒開學呢，設計系的學生比別人少了一次暑假，幾乎所有人都留在學校，有些組的動作很快，作品儼然成形，小桐雖然孤身一人，但她的手腳也不慢。之前跟指導老師商量過後，她決定以梳妝台的造型來做糕餅類的包裝設計，取其新嫁初妝的含意，不過這項設計從動工開始就一直遭逢困境，先是紙質、印刷顏色跟紙張大小一直拿捏不到定位，後來盒子的展開圖總算印出來，但因為拼接點太多，加上手藝不靈巧，以至於紙盒被黏黏貼貼的痕跡給弄髒弄皺。而更致命的，是她堅持要在這個梳妝台造型的包裝盒上，鑲嵌一面真的小鏡子，輕重相差太多的結果，是紙盒根本立不起來，就算勉強擺著，它也歪歪斜斜，非常難看，最後做出來的東西變成四不像的鬼樣子。中午發便當時，姍姍來遲的一位老師講話很不客氣，居然說農曆七月半，這種黏得亂七八糟的紙糊梳妝台拿去參加中元普渡，一把火燒了，孤魂野鬼恐怕都不想來領。

「老師有給妳什麼建議嗎？」等她吃完那塊肉，郁青又問。

「還好啦，都只是一些小問題，修一下就好了。」趕緊把老師說的中元普渡那句話丟一邊去，小桐定了定神，若無其事地回答，儘管心裡其實也七上八下，唯恐再這樣下去，老師們給的分數愈來愈低，排名也愈來愈落後，可能不用等到新一代設計展，自己要嘛受不了那些老師給的打擊，直接上吊自殺，再不然就是放棄掙扎，乾脆休學或延畢算了。

「好讓人羨慕喔，早知道我就跟妳一組了。」臉上露出懊惱，郁青說。

「別埋怨了，你們那組也不差呀，大家都有進步空間的嘛，就都加油囉。」帶著微笑，小桐拍拍她的肩膀，站起了身，把便當盒丟進垃圾桶裡。

她其實是討厭自己這種偽善的笑容的，在心裡，在別人看不見的真實想法裡，她只想對郁青說「活該」。想當初剛進大學時，這個孤陋寡聞、衣著老土的傢伙還是我的小跟班呢，進進出出，前前後後地跟著，連捷運都不會搭，公車也搞不清楚上車或下車收票，凡事只能依靠別人，而現在呢？也不曉得是得了誰的勢，自從大二開始，跟班上另一群人湊在一起後，就常表現出一副趾高氣昂的模樣，還以為自己是誰呢！現在可好，他們那夥人拆成兩組，分頭進行各自的設計作品，結果又如何？排名不但遠遠落後，而且沒有一個老師不挑剔，連題目都一換再換。小桐心裡冷笑著，還好自己當初被他們排除在外，否則要是跟那些蠢蛋們同一組，現在自己的處境只怕更糟。

儘管如此，這個一點歡樂氣氛都沒有的暑假，她也沒時間回家了，跟很多同學一樣，只能留在宿舍裡，如火如荼地忙著畢業製作。剛上任不久的系主任要求他們及早開始，就連暑假也不能懈怠，該年級一共兩個班，加起來有百餘人，全擠在這兩間教室裡，到處擺滿了修修改改的半成品，每個人都灰頭土臉，一副要死不活的樣子。

「跟你們當初一樣，誰也沒有比較好過，而且這一屆還更慘，碰上個新官上任，三把火燒得他們滿屁股，差點就要跳樓死了。」一陣笑語聲從門口傳來，在這個充滿疲憊氛圍的教室裡顯得格外突兀，說話的是河豚老師，他總是一臉鼓鼓，看起來就像隻河豚，所以才被取這外號，他同時也擔任了小桐的畢業製作指導老師。河豚走在前面，一貫的談笑風生，而背後則跟著另一個人，小桐一眼就認出他來。

「做得還不錯呀，看起來挺有模有樣的。」那個人瀏覽著每一組作品，笑著答腔。他穿著很休閒的襯衫，有漂亮的身形，搭上輕便的牛仔褲跟球鞋，顯得朝氣蓬勃。

「有模有樣？你確定？」露出狐疑的一笑，河豚的臉很圓，他非常不客氣地指著教室門口那幾組，大聲地笑說：「你看看，那什麼？那是扮家家酒嗎？你看過有人把罐頭包裝成手榴彈的嗎？那個賣點在哪裡？誰會想買？你再看看這一組，它包裝成本每一組起碼五百元起跳，結果裡面產品是什麼？仙楂糖？他媽的仙楂糖一斤成本多少錢？客人花了大錢，到底是買包裝還是買仙楂糖呀？」

那個年輕人跟著哈哈大笑，但教室裡的眾人卻殊無歡樂之意，他們費盡心思才製作出來的東西，在河豚老師的眼裡根本一文不值，而且簡直比垃圾還不如，眾人面目無光，只能垂首無語。

「哪，這個就是我剛剛跟你說的那一組，你瞧，她也好不到哪裡去，耳朵非常硬，不管我講什麼，她全都當成耳邊風，虧她還是我指導的學生呢，一天到晚跟我頂嘴狡辯，還堅持要往死胡同裡面走。」走到小桐的位置來，河豚手一比，說：「怎麼樣，你要不要給小學妹一點意見？」

小桐看著他，臉上沒有一點表情，而那人看著她，也有些詫異的眼光，他停了一下，將目光轉到小桐背後的作品上，看了幾眼後，第一句問的話是：「妳自己一個人一組？」

小桐點點頭。

「噢，」表情有些古怪，那個人像在自言自語般地說：「怎麼人緣還是這麼差？」

學長又怎麼樣呢？學長難道就會比較了不起嗎？也不過就是早出生了幾年，早幾年進來念這科系，又早了一點畢業而已，很稀罕嗎？小桐心裡一股傲氣作祟，她不喜歡這樣被人打量，更不喜歡打量她的人是眼前這人。

「妳知道什麼是設計嗎？」那個人又看了看作品，轉頭問小桐。愣了一下，不曉得這問題的背後究竟意有何指，也不知道這簡單至極的問題，為何要在這裡提出來，小桐當下沒有回答，於是那個人有耐心地又問了一次：「我說，妳知不知道，設計是什麼？」

「念過兩天設計的學生都知道，設計就是有目的的創作，是為了解決問題而存在的行為。」小桐沒好氣地說。

「那就對了，」他點點頭，指著小桐的作品，說：「那妳知道自己的作品有哪些問題嗎？」

「還不就是老生常談那幾句，成本、環保之類的？」小桐的鼻孔裡哼氣，滿是不情願地說。河豚老師當場就要發作，正想出聲斥喝，但那年輕人卻笑了出來，說：「不錯，那就是癥結所在。」

「已經下午四點了，如果你有什麼高見，麻煩快點說出來，我還想早點回家。」小桐把手插進口袋裡，嘟著嘴說。

「妳談過戀愛嗎？在一個對的時間，遇到一個對的人，毫不保留地狠狠愛過一次，有嗎？或者，有沒有遇過那種讓妳很想嫁的對象？那是一種會讓妳想將愛情的喜悅分享給全世界的感覺，妳有過嗎？再不然，妳有沒有參加過別人的婚禮，去感受過別人婚禮中，那種每一樣小東西都洋溢著幸福喜悅的體驗？如果能有效傳達出那種喜悅，這作品是不是梳妝台的造型，或許就不再那麼重要了，而如果妳聽懂了我的意思，那麼，河豚老師提出來的所有問題，也許妳就找到答案了。」他說話時，眼睛一直看著小桐，最後一句，他問：

「愛情的喜悅，懂嗎？」

「好久不見了，學長。」沒有回答那一長串的問題，怔怔地看著眼前這人，被他那些話牽引著，她彷彿已經脫出了畢業製作與這間教室的桎梏，好像置身在另一個時空裡，在那兒，沒有惱人的設計問題，也沒有多餘的課業或作業，只有滿滿的、微甜中又帶苦澀的回憶。小桐迸出了一句遲來的招呼，而隨這句招呼而起的，卻是與畢業製作再無關係的漫長回憶。

「好久不見了，學妹。」徐子尚露出一個微笑。

真正的愛，是無所謂於好久不見的。

03

「哪來的時間，居然有空回來看我們這些不成氣候的小作品？」小桐問他。

徐子尚聳肩笑了一下，他說本來只是打個電話問候河豚老師，哪知道適逢老師忙著帶領畢業製作，電話中聊起，河豚開口邀請，於是他就這麼來了，「要說不成氣候，那也未免妄自菲薄了些，你們有些人的點子很不錯，比起當年，我們那一屆才真的糟糕。」

小桐笑了出來，當年剛入學時，正是徐子尚他們那屆的學生為了畢業製作而開始焦頭爛額之際，打從新鮮人生活的一開始，她就見識到學長姊們是怎麼一路煎熬過來的。

「所以，這幾年過得好嗎？」小桐問。

「還可以，妳呢？」徐子尚點點頭，也問。

「那得看你問的是哪方面了，倘若問的是畢業製作，那麼，答案你應該都看見了。」笑聲中，小桐已經走到捷運站外面，跟徐子尚揮手道別。

在教室裡，河豚老師接到電話，主任臨時把他找去討論事情，於是徐子尚留了下來，在教室裡東走西看。他後來沒跟小桐有太多交談，倒是被其他幾組作品吸引了目光。接近下午六點，大評告一段落，學生們收拾東西要離開時，小桐在附近搜尋不到徐子尚的身影，還以為他已經走了，沒想到步出學校，卻在路邊遇到正在抽菸的他，這才又聊上幾句。

你在那裡等我，是吧？否則怎麼會大熱天的，也不找個地方遮陽，卻站在校門口呢？如果你是為了等我才留下來，不是應該有些話要對我說？教室裡那麼多人，或許話說不出口，那離開學校後，為什麼你又不開口，卻這麼輕易地對我說再見？說了再見，真的就會再見嗎？我們都知道那是太容易說出口，卻又太不容易做到的兩個字，不是嗎？走在捷運站裡，身邊有人群不斷穿梭來去，她雖然踩著腳步，卻又心不在焉，彷彿只是被潺潺而流的人潮給推著走，偶爾左右張望，當然再沒了徐子尚的影子，倒是那些明亮的廣告看板上，各式各樣清新愉快的廣告台詞，像在譏刺她內心空洞一樣繼續明晃晃著。

那一年，小桐在志願卡上填寫了學校科系，這是其中之一。當時她只覺得視覺傳達設計是個挺新穎的名詞，而這似乎也符合從小就在繪畫上對她深具期待的父母的想法。本來這類科系的選擇性也不少，但就為了不想離開北部，所以才以這所學校為第一首選。爸媽起初以為女兒上了大學也能住在家裡，但才剛升上二年級，女兒就嚷著要搬出去，說是跟同學討論作業比較方便，結果搬到距離學校只有兩站捷運車程的住處去了。

其實，哪有多少作業好討論呢？她只是不想住在家裡，希望有更多時間獨處而已。不想受打擾，是因為她心裡有事，而心裡的這件事，從一年級開始就不斷縈繞在她心裡，久久揮之不去。

「所謂的設計，其實每個人都有自己不同的觀點，有時候，一樣的脈絡卻可能衍生出各種不同的結果，這就是每一位設計師卓然成家以後，會顯現出與眾不同的地方，不信的話，咱們現在就來玩一個小遊戲，各位未來的、偉大的設計師們，請你們自己體驗看看。」當年，徐子尚笑著對大家說。

新生們按照其所來自的地區分組，北區人最多，因此又細分小組，一群七八個新生，全都聽著小組長徐子尚的話，拿著筆，專注地看著自己面前一張發下來的白紙。

「記得，別去管別人畫什麼，你們只需要專心聽我講，然後照著畫，這樣就對了，過程中不能有自己的意見，也不需要提問。」徐子尚興味盎然地看著大家，說：「首先，請在紙上畫一個圓。」

「請問，要畫在哪裡？圓的大小……」有一個新生舉手發問，徐子尚卻搖頭，食指在嘴邊一比，噓了一下，示意大家不能出聲。

「一切隨心，所以要怎麼畫、畫在哪裡、畫多大多小都可以，請自行決定就好。注意聽喔，在這個圓的上面，要有一個三角形，三角形中間又有一個圓，再從這個圓的圓心拉出一條線，線的另一端，也是另一個圓的圓心。」一邊講，徐子尚來回踱步，看著每個人作畫，「這條連接兩個圓心的直線，請區分成五個等分，再從兩邊的第一等分，拉出延長線來，要連接在一起……」坐在位置上，專心聽著吩咐，手也不停地畫著，但小桐愈來愈疑惑，這究竟是一幅什麼畫呢？紙上畫滿各種幾何圖形，卻看不出什麼想表達的主旨，眼見得徐子尚愈唸愈多，她已經快要畫滿整張紙，好不容易才停止。徐子尚叫大家左右看看，互相分享一下，小桐這才發現，果然每個人雖然都聽著一樣的指示，但畫出來的東西卻有天壤之別。

「妳挺有天分的。」徐子尚看著那些畫作，忽然對她說：「很像蒙德里安的風格。」蒙德里安？小桐一頭霧水，這名字她以前好像聽過，但一時想不起來，不過那也不重要了，小組的迎新茶會才剛結束，一群人去吃飯時，聊到各自在高中時學畫的經驗，徐子尚問她：「歷史上有名的女畫家並不少，妳有沒有受到哪一位的影響，或者想學她們一樣，想在自己的作品裡表達出什麼？」

這又是一個好困難的問題，喜歡塗鴉，不表示自己一定要模仿哪個女畫家吧？小桐對藝術史其實一竅不通，以前學畫時雖聽老師說過幾個故事，但根本沒放在心上，那當下，看別人都能頭頭是道地回答，自己想了想，卻說：「不知道，我只是畫自己能畫跟想畫的。」

「那妳想畫的是什麼？」徐子尚像是非得得到個答案似地又問，但他眼神沒盯著小桐，卻翻開放在桌上，這些新生入學時所繳交的作品集，抽出了小桐的作品，看了看，說：「芙烈達。」

蒙德里安跟芙烈達是小桐從此記住，再也沒忘過的兩位畫家名字，就算後來又發生了好多事，就算在那些事情後，她跟徐子尚幾乎分道揚鑣，從此形同陌路，但往後兩三年裡，只要課堂上有任何一位老師提及了蒙德里安或芙烈達的名字，小桐心裡就會重重一頓，像是心臟快要停了那樣，有難以呼吸的感覺。

她會記得的是在那個老實說也不怎麼有趣的迎新聚會結束，徐子尚送大家離開餐廳後，陪她一路走到捷運站時，他們有過的對話，那時她剛接完一通電話，臉色不是挺好看。

「跟男朋友吵架了嗎？」徐子尚打趣地問。

「是前男友。」小桐特別強調那個「前」字，說：「我不太能理解耶，分手就分手了，為什麼還要計較誰對誰不公平之類的？要計較那些，就應該在還沒分手時提出來講才對吧？都分開了，還有什麼好吵的？」

「所以妳覺得分手了以後，就不需要再思考這問題了嗎？」

「我覺得這樣才對我很不公平。」小桐篤定地說：「至少當時我們分手分得很平靜，大家都沒有意見，也算得上是好聚好散。」

「那妳打算怎麼辦？」

「剛剛他掛了我電話，現在換我要打給他。」生著氣，小桐說：「要吵什麼公不公平是嗎？那好，老娘奉陪到底。」

這話不說則已，一說，徐子尚忽然笑了出來，他看著眼前這個微帶錯愕，但更多的是憤怒，一臉氣鼓鼓的小女孩，笑著說：「學妹，雖然我們不是很熟，也才見過那麼幾次面，但有一句話，學長現在告訴妳，請妳記在心裡面，好嗎？」

「什麼話？」小桐愣著。

「在愛裡要求公平，才是最不公平的。」徐子尚說。

我從不在乎我們的愛是否公平，我只在乎你愛不愛我。

她覺得徐子尚那樣說話時的表情很帥，像是什麼都了然於胸，也像是洞察了愛情的真諦似的，在他眼裡，似乎愛情從來都不是問題，甚至，這世上可能根本就沒有能夠難倒他的事情。她有過許多幻想，或許自己能跟他牽著手，不用去哪裡，只要走在街上，走在捷運站裡，走到哪個不知名的公園邊也好，他們可以聊很多成熟點的話題，別再只是小男生、小女生那些不著邊際的東西，他們也許可以成為知心好友，甚至談一場戀愛，不過可惜的是，這些始終都只是想像而已，他們真正能碰面的機會並不多，在學校裡，兩個人的教室並不相連，出了校門，徐子尚平常仰賴的交通工具是機車，而小桐則搭捷運，彼此也碰不著，雖然老師們經常在課堂上鼓勵大家要多想像，愈多的想像愈能激發出各種創作的靈感，但非常無奈，她最常想到的全是這類內容，而最後也千篇一律都是教人失望的結果。

但為什麼自己會對一個見不過幾次面的人有這樣的想像或憧憬呢？有時，小桐在床上輾轉反側時，忍不住也問問自己。是一種因為來到新環境的影響嗎，才對這個看起來成熟而內斂的年輕男人太過好感？或者純粹只是自己在情感與情緒最不穩定之際，恰巧認識了他？小桐打從心裡不相信什麼宿不宿命的，她只是在想，在這一段青春歲月裡，如果在多如過江之鯽的過客當中，自己竟能如此輕易被那樣一個人所打動，那肯定是基於某種緣故，而那緣故究竟為何，沒有細究的必要，她只想要多把握這種悸動的感覺，一分鐘，或者再多一分鐘，這樣就好。

「這樣真的合理嗎？我們到底是來這個學校幹嘛的？」一邊折著鐵線，小桐聽見了同學們在嘮叨，大一剛入學就遇到奇怪的老師，要大家裁折鐵線，練習做造型。

「有時間埋怨的話，你們不如好好思考一下，看看手上的東西要怎麼修改，那到底是一顆饅頭，還是一坨大便？我都快看不出來了！」老師從後面突如其來的一聲斥喝，讓教室裡的同學們噤若寒蟬，趕緊埋頭苦幹，但小桐差點笑了出來。老師走到前面，又說：「這個練習是讓你們明白一件事，任何一件設計，裡面一定有它的骨幹跟架構，每個設計師都需要經歷這樣的階段，以為穿得花枝招展，坐在電腦前面動動滑鼠，鬼畫符幾下就能當設計師嗎？狗屁，門都沒有！你們……」

老師還在叨叨絮絮地囉嗦著，小桐臉上的笑卻停了，她在想，真的每個設計師都經歷過這樣的階段嗎？如此說來，徐子尚也是囉？他以前也這樣拿著鉗子一直剪鐵線，然後彎彎曲曲的嗎？那他會折出什麼造型呢？會不會折出跟自己手上這顆愛心一樣的形狀呢？如果有機會再遇到他，也許這也可以是一個聊天的話題不是？

於是她腦袋裡轉過不少辦法，就想製造出一個偶然相遇的場景，可惜的是，開學以來這段時間卻苦無對策，直到那個星期四的午後。為了一個無聊的作業，小桐搭上公車，要去永和一趟，每個學美術或設計的學生都知道，全台北美術社最多的集散地就在復興商工外面，想找什麼用具，往那裡去準沒錯。

車上乘客不多，坐在單人座位上，搖搖晃晃，她本來戴上了耳機，開始聽起音樂，同時也看看車窗外的風景，正發著呆，忽然覺得口袋裡不停震動，拿出來一看，居然是徐子尚打來的，才接通，就聽到小聲的笑，他說：「我還以為妳已經睡死了。」

「睡死？」小桐一愣。

「搭公車的時候最好保持清醒，以免坐過頭，而且，如果有老人家上車，妳才能及時讓座呀。」徐子尚又說。

小桐吃了一驚，電話差點沒拿好，她急忙轉頭，赫然看見徐子尚就在車上，他同樣坐在單人座位上，跟小桐之間只隔了狹窄的走道，正一臉笑意地看著她。

「妳剛上車，我就看見妳了。」徐子尚指指電話，要小桐繼續講，他說：「好國民搭公車請保持基本禮儀，講話要降低音量。」

小桐笑了出來，但想想也對，隔著走道，再加上公車行駛中的噪音，兩個分別坐在左右單人座上的乘客如果要對談，勢必得扯開喉嚨，所以徐子尚才示意要她用電話繼續講。

「會搭上這班公車，表示妳要去永和，對吧？」徐子尚說：「正好，我也是。」

聊了關於美術社一條街的比價，也聊了大一新生遇到那些脾氣古怪的老師們應該怎麼應對，還說到校門口附近那些小吃的價位跟老闆的風格，徐子尚善盡學長的職責，很認真地介紹，但小桐其實心不在焉，那一路到底還有多少風景，她已經完全不在乎了，車上偶爾上來幾個乘客，遮住了相望的視線，小桐不斷挪動身子，就想多看一眼正在講電話的徐子尚。那算不算是巧合？或者是老天爺聽見自己的心聲，才特意安排了這場遭遇？徐子尚說著話，目光也不斷在站立的乘客之間穿梭，兩個人四目交投的瞬間，總有會心的笑。

「妳有沒有覺得，從我們學校一路搭車到永和，真的有夠遠，坐車坐到骨頭都快散了。」徐子尚說：「要不是因為要買的東西有點多，機車載運不方便，不然我還真想騎車過去就好。」

「無所謂呀，雖然有點遠，但起碼不無聊，」小桐壓低聲音，笑著說：「下次要再去美術社，我一定會約你。」

「拜託不要，」徐子尚苦笑，「公車票雖然便宜，但電話費可是很貴的。」

如果不是因為恰好有座位，他們應該可以站在一起，湊得更近，但要真是這樣，那可得一路站到永和，未免也太辛苦，而且，不就少了一點浪漫的感覺了嗎？那通不算短的電話裡，小桐忽然覺得公車居然可以是這麼有趣的交通工具，原來，搭公車是一件如此令人開心的事。車子一路開到永和，電話也就一路講到下車前為止。收起已經發燙的手機，徐子尚帶著她下車，一前一後走進小巷子裡，在林立的美術社之間，街上沒人沒車，只有午後悠閒的微風，小桐買了一盒壓克力顏料，徐子尚則買了一些畢製所需的小工具，還有一大堆保麗龍跟薄木片等材料，逛完了店家，本來期望兩個人還可以一起搭上公車，小桐正想查看手機是否還有電力，徐子尚卻先開口，說自己要搭乘另一路公車，因為傍晚還有約。

約了誰？約在哪裡？小桐的心情有種墜落感，但她沒說出口，只是微笑點頭。徐子尚問她是否已經買齊了東西，這段路挺遠，要是忘了什麼，多跑一趟可是得花上不少時間。那時候，小桐點點頭，嘴裡說的是東西都有了，心裡想的是：我最想買回家的是你。

對她來說，徐子尚給了她另一種截然不同的戀愛想像，那是知性的，但同時也可以是充滿欲望的，她想像過無數次徐子尚的身軀，想像著如果吻了那個男人，與他相擁在一起，也許是一種充滿安全感的溫暖滋味。有好幾次，就在學校裡，她刻意接近徐子尚上課的教室，想多找點機會，那怕只是打個照面都好。但可惜的是，接下來的日子裡，徐子尚忙於畢業製作，根本沒注意到有個對他滿懷憧憬的小學妹，而那僅有的一次公車奇遇記，是她所能把握的小回憶。

一直到了十月中旬，小桐的機會終於再度降臨，那個迎新宿營的最後一個晚上，當營火晚會終於結束，一群新生三三兩兩聚在金山活動中心靠海的小平台邊，吃著學長姊們費心烹煮的消夜時，小桐看見徐子尚竟然湊在人群中，她開心地過去打了招呼，才知道原來這大男孩也曾有過熱中系學會活動的時期，忙於畢製之前，他可還是系上的公關，是個長袖善舞的風雲人物。

「沒想到你會來這裡。」雖然努力克制，但小桐眼裡畢竟有難掩的光采。

「反正不遠，騎車過來還挺快的。」徐子尚看看周遭，笑說：「來看看你們這屆辦得怎麼樣，有沒有比我們以前更好。」說著，他問小桐：「怎麼樣，這兩天玩得開心嗎？」

「沒有比看到你更開心。」她用開玩笑的語氣說著，但心裡其實非常認真，只盼徐子尚能察覺這一份藏在笑容裡的心意，然而落花空有意，偏偏徐子尚根本沒放心上，他哈哈一笑，手一招，卻說了句讓小桐差點崩潰的話：「順便跟妳介紹一下，這是我女朋友，她叫蓉妮。」

那是一種詭異而玄奇的感覺，小桐從來沒有這種經驗，她活在現實，卻又彷彿失去了靈魂，怔怔地看著那個依然站在稍遠處與人交談，只回眸過來點頭微笑的女孩，那瞬間，她忽然很期盼自己可以立刻人間蒸發，從徐子尚的眼前消失，因為，她怕找不到一個適合自己此刻的表情，更怕稍有不慎，也許碎掉的心會跟著眼淚一起流出來。

營火晚會後的消夜時間並不長，很快接近就寢時刻，但徐子尚他們似乎還沒有離去的打算，三四年級的學長姊們大概也很了解新生的心情，今晚解除宵禁，就讓大家三三兩兩聚在一起聊天。

還有什麼好聊的呢？她覺得自己看誰都不順眼，不管誰來跟她開口，講沒兩句總得碰個大釘子。有兩個隔壁班的男生，本來興沖沖想跟小桐攀談，但她一句話也懶得說，甩著頭，轉身就走開，即使是郁青想說什麼，她也故作疲倦地撇了開去。一個人坐在海邊，潮浪聲不絕，但漆黑一片，卻看不見海的樣子。小桐只覺得自己的未來大概就跟這片海一樣了，不管有多遼闊，反正就是無止盡的黑暗。怎麼會這樣呢？她忽然苦笑出來，是了，自己何等蠢笨，怎麼沒想到這一點，以徐子尚的條件，他怎麼可能沒有女朋友？這是個女多男少的科系呢，不多的是環肥燕瘦讓他挑嗎，哪裡輪得到自己呀？可惡，沒想到這一點，真是莫大失策，自己躲在角落裡想東想西，結果人家老早有女朋友了，簡直自作多情到了極點！

「是在演文藝美少女的橋段嗎，怎麼一個人坐在這裡？」也不曉得坐了多久，一點也不感到累，背後傳來聲音時，小桐還嚇了一跳。徐子尚走過來，陪她一起坐下。

「不用陪女朋友嗎？」她問，很努力維持語氣的平緩。

「不用呀，」徐子尚聳肩說：「她可忙得很，一下跟這邊聊天，一下又到那邊去打招呼，現在跟一群系會幹部們窩在寢室裡玩大富翁，我看大概不到天亮不會想到我了。」

「沒有時時刻刻都想跟對方在一起的念頭，這還算戀愛呀？」她瞄了徐子尚一眼，「你們一定在一起很久了，所以感情變淡了吧？」

「正好相反，」他哈哈一笑，「我們才剛在一起半年不到，嚴格來講，還算是熱戀期喔。」看著小桐狐疑的眼光，徐子尚說：「每個人對戀愛的態度都不一樣，有些人，比如妳剛剛說的，愛一個人，就想整天跟對方膩在一起，認為這才算是愛情。但也有些人不這麼想，就好比蓉妮，她有自己的生活，有自己的想法，從來也沒想要為了愛情而遷就，對她那樣的人來說，愛情只是一種心靈的寄託，卻不影響她的現實環境。」

「那你呢？你是哪一種？」

「我？我無所謂呀，」他又聳肩，「該玩的都玩夠本了，我從大一玩到大三耶！現在開始忙畢製，如果女朋友一天到晚黏著我，那我豈不累死？她很熱中自己的事情，這對我來說反而是件好事。」

「你們畢製難道不同組嗎？」小桐有些納悶。

「當然不同，她跟其他同學一起，而我跟另一群人一起，看起來是道不同不相為謀，但誰規定男女朋友就非得同一組做事，對吧？」

「你們這場戀愛談得可真是輕描淡寫。」小桐苦笑說：「該不會哪天分手了，也這麼船過水無痕吧？」

「學設計的人有很多都怪怪的，妳以後就會慢慢習慣了。」徐子尚還在笑，說：「早在當初我追蓉妮的時候，她就說過了，愛不愛都沒關係，只要我做了決定，知會她一聲就行。」

「這麼大方？」小桐嗤之以鼻，但同時她也知道，有些過於保護自己的女生，確實會給男生這種看似堅強的錯覺。

「我跟妳是不是每次都非得要把愛情搞得跟哲學一樣來討論才行？」徐子尚說：「我們有沒有比較形而下的東西可以談呀？」

「少囉嗦，那你呢？」小桐橫他一眼。

「我？我又怎麼了？」

「如果哪天你跟她分手，你會不會也那麼瀟灑？揮揮衣袖，當作春夢了無痕地就算了？」不管那個叫作蓉妮的女生怎麼想，她真正在乎的，其實只是眼前這個人，她想知道，交往只有短短半年，徐子尚有多愛他的女友，這個問題很重要，因為答案如何，將會影響小桐接下來的每一步，她很清楚那個重要性，儘管臉上帶著聊天的微笑，然而她豎直了耳朵，卻非得聽個清楚不可。

「老實說，我不知道。」結果他搖頭，說：「不過我倒是覺得，交往時間有多久，其實一點都不重要，兩個人哪，無論在不在一起，只要對方會記得我愛過她，那這就算得上是圓滿了。」

「屁話。」小桐忍不住笑了出來。

「是不是屁話，等妳長大，妳就知道了。」徐子尚也跟著笑了。

我不要你只剩下對我的記憶，那不叫圓滿，那怎能是圓滿？那是遺憾。

迎新宿營過後不久，系上出現了一些捕風捉影的話題，也不曉得是誰先傳開的，說一次迎新活動，促成了系上不少對佳偶，有哪個學長擄獲了學妹芳心，也有新生們在活動過程中培養出革命情感，進而衍生感情，種種花邊事端不一而足，但除了這些令人艷羨的故事之外，同樣也流傳著一些耳語，談論的不是值得歌頌的韻事，卻是關於徐子尚劈腿的消息。

那一天晚上，三四年級的學長姊們都親眼目睹蓉妮打了一整晚電話，卻找不到男朋友時，滿臉焦慮與擔心的畫面，他們有絕對的理由相信，那個能吸引徐子尚，讓他徹夜不歸，就坐在堤防邊「促膝長談」一整晚的女孩肯定別有居心，而徐子尚百口莫辯的無奈表情之後，也必然另有文章。

風聲一起，後續的謠言也就隨著五花八門，天馬行空了起來，先是有人爆料，原來徐子尚擔任北區新生聯絡人時，就已經跟這個周芯桐過從甚密，還有人指證歷歷，說新生茶會後，兩個人手牽手一起進了捷運站，跟著是另一波傳言指出，在開學之後，以迄新生宿營之間，那不算太久的一個月裡，徐、周兩人的戀情就已經打得火熱，只礙著一個平常強勢又專制的蓉妮，所以才不能公開宣揚，若非如此，徐子尚何必眼巴巴地從台北市騎車到金山去？當然就是為了趁這次迎新活動的天賜良機，好密會周芯桐，而他也真的如願以償，利用一群系會幹部愛玩大富翁的習慣，把名正言順的女朋友牽制住，自己則偷偷溜到新生寢室後面的堤防上，一對濃情摯愛卻見不得光的苦命愛侶，只能把握那一整晚的幽會時光，彼此互訴相思之苦。

事情傳得沸沸揚揚，從起初只是系上茶餘飯後的小話題，逐漸變成網路上的討論串，在系學會的網路板面上，多的是大家繪聲繪影的描述，但說也奇怪，卻從不見有當事人跳出來澄清過半句話。

「妳再這樣悶不吭聲，早晚名聲都被傳臭了，以後誰還敢追妳呀？」郁青不只一次地勸，但小桐總是搖頭。

剛入學時，郁青對台北非常陌生，凡事都得依靠小桐，那時系上還沒這些蜚短流長，大家對小桐的觀感也都不差，樂意與她為友，但現在情勢陡然改觀，每個人都保持觀望態度，誰也不願過來跟她多所關聯，就怕也被沾上了邊，唯獨郁青例外。

「我是什麼個性，其實妳也很了解，那些人愛傳什麼就去傳吧，誰管得著呢？」小桐清清淡淡地說。

「怎能不管呢？三人成虎這句成語妳聽過吧？再放任不管，誰知道到最後會傳成什麼樣子？妳看班上那些人的表情，再看看系上那些學長姊們的眼光，妳怎麼還這麼無所謂呢？」郁青焦急地說。

「好呀，那我們去澄清，但請問，妳知道那些謠言都是誰在傳的？妳要對誰說去？難道我們要拿著大聲公，在系館裡外到處走，逢人就說徐子尚沒有劈腿學妹，說周芯桐沒有勾引學長？這樣做，人家不把我們當白癡，也以為我們是瘋子。」小桐說：「天地良心，反正清者自清，何必去管那些呢？」

「可是……」她還想再說，但小桐搶著開口，說：「郁青，妳是我最好的朋友，有些話，我也只能告訴妳一個人，這件事，不管別人怎麼傳，總之，真相只會有妳一個人知道，請替我保守祕密好嗎？」看著一臉怔然的郁青，小桐深吸了一口氣，說：「那天晚上，我跟徐子尚之間真的沒有發生什麼事，他既沒有約我，我也沒有刻意找他，純粹只是湊巧遇到而已，那個叫作蓉妮的學妹，她跟全世界一樣都誤會我們了。」

「所以妳跟那個學長之間，真的沒有任何瓜葛？」郁青問。

「以前沒有，現在也沒有，」頓了一下，小桐說：「未來的事，我不知道。」

這句話讓郁青覺得茫然，她正在思索著應該怎麼開口詢問，小桐已經把答案告訴她：「我喜歡徐子尚，但沒有告白，因為我不想成為別人的第三者。可是我喜歡他，是認真的，所以每一次能夠見到他、能跟他說上話的機會，對我都彌足珍貴，而現在的我，什麼都不會去追求，也不會去干預別人，我只希望，希望有那麼一天，他能夠明白我的心意，如果他願意因此多看我一眼，我就算背負被全世界誤會的罵名也甘願。」說完，她拍拍郁青的手，認真地說了一句：「答應我，這件事別告訴任何人，好嗎？」

那天跟郁青講過後，小桐就不曾再對這件事發表任何意見，反倒是網路上最近出現了一些不同的聲音，開始有人跳出來，匿名為小桐抱屈，這段口耳相傳個沒完沒了的三角戀，焦點慢慢被轉移，幾個匿名帳號所闡揚的，都是一個景仰愛慕學長的小女孩，是如何委屈求全，如何深懷歉疚，又是如何地為難痛苦，這個被罵到臭頭的第三者，其實她什麼都沒做，也不敢奢望，她要的，就只是一個能遠遠祝福學長幸福的機會而已，這種風氣一起，原本所有不利的言論似乎瞬間扭轉矛頭，轉而朝向平常就給人苛薄印象的蓉妮，鬧到最後，聽說連四年級的班導師都介入了，這些年輕學生們的愛情故事，會勞駕老師出馬，表示已經有了足以影響班級上課或畢業製作進度的嚴重性，為了這件事，聽說蓉妮還請了好幾天的假，而徐子尚也被約談了幾次。

這一切都是為了愛，小桐對自己說。當夜深人靜，她在自己的房間裡，望向窗外的時候，忍不住這麼對自己解釋。徐子尚說過，不管最後是否在一起，只要記得彼此曾經愛過，那麼，這就是圓滿。她冷笑了一下，這樣就算圓滿了嗎？如果那也能算圓滿，那人還追求什麼愛情？會講出這種話的人，其實根本沒有體會過想愛而不能愛的苦處吧？就像她現在這樣。所以她必須更努力才行，為了也嚐到那份愛的滋味，她有必須努力的理由。只是，現在卻不是她能親自出馬的時候，她還得等待。

她等待的，是原本就卻乏熱情的那對情人分手，必須得等他們分手，自己才有機會，屆時，她會讓徐子尚明白，真正的圓滿，就是兩個人情投意合地白頭偕老，那才叫作圓滿，也才叫作愛情，只是，這一等，卻讓她等了幾個月，眼見得一年級上學期都快過完，風波似乎漸漸平息，卻沒傳出徐子尚跟蓉妮分手的消息。

「沒事就好了，至少一切都會慢慢回歸平靜，大家也不會再誤會妳，對吧？」臉上帶著驕傲的笑容，天真的郁青偷偷對小桐說：「雖然這有違妳的本意，但起碼我做得也不賴吧？」

帶著苦笑，小桐對她說了幾句感謝的話，聽來肺腑由衷，幾乎連自己都要相信了。而郁青帶著滿足與開心，對自己能在好友遭人誤解，幾乎無立足之地的時候，想出申請匿名帳號，在網路上引導輿論風氣，一洗好友冤屈的仗義作為，她感到無比驕傲與榮幸。

「謝謝妳。」小桐給了她一個擁抱，但心裡還是充滿了說不清的疑惑。

是不是自己低估了那對戀人的愛情堅固程度呢？都鬧成這樣了，他們居然安之若素，完全不受影響？不可能吧？她順利地鼓動郁青，順利地化解危機，還讓自己取得後來居上的優勢，可是這些怎麼絲毫沒有撼動徐子尚跟蓉妮的感情呢？

畢業製作一旦開始，每個月就會舉辦一次大評，會開放兩間教室，讓參與製作的每一組都將作品展示出來，要接受系上所有老師的評分跟指教，這是視覺傳達設計系每年的重頭戲，也是學生想要順利畢業，就非得跨過的最高門檻，而大評除了要老師蒞臨之外，當然也開放給學弟妹們觀摩。

她就是趁著這機會走過來的，系館最角落那兩間教室都鬧烘烘的，下午五點了，老師們幾乎都已經來看過，有些組別的學生正在陸續打包，準備把自己的作品帶回去，再參酌老師們的意見加以修改。

有些忐忑，有些矛盾，但抵擋不住內心的期盼，在猶豫許久後，小桐還是走了過來，而同行的除了郁青，還有幾個在風波落幕後，又慢慢回到她身邊的同學。

「河豚給的爛意見如果也能算得上是意見的話，那他媽的狗屎都能吃了！」一才剛走上樓梯，就看到一群大四的學生氣沖沖地捧著作品走下樓，嘴裡還不斷咒罵著，看來今天是被老師們修理得體無完膚了。

小女生們吱吱喳喳，竊竊私語地討論著，就怕將來輪到自己上場時，也會遇到這樣的窘境，大家走了上來，才剛到教室門口，就被裡面各式各樣的設計作品所吸引，不約而同地分散開來，走向自己有興趣的創作，唯獨小桐停下腳步，她對裡面那些東西完全提不起勁，反倒是被走廊上走過來的一個人所吸引。

她太想看見他了，在最近這些風風雨雨之後，她想知道，那些對他是否起了什麼影響？他會不會也可憐或同情自己的遭遇？會不會再次展現出大方的笑容，不管別人可能還會再生耳語，就這麼瀟脫地靠過來，給小學妹一個鼓勵？徐子尚從另一間教室出來，朝著這邊走近，就在距離不到幾公尺處，這才發現原來站在門邊的是小桐，起初他先是一愣，跟著停下腳步。

跟我說句話吧，好嗎？哪怕只是一句問候也好，我們的故事就可以繼續下去，也就不枉費了我苦心安排的所有佈置，這好長的一段時間裡，你可知道，我為了你付出多少心思。你終於看見的，是站在這裡，這個苦戀徐子尚的周芯桐，雖然你永遠也不會明白，那些耳語最初的開端，其實都是我操作出來的，但我只是想讓你知道，我們之間絕不是一般的小情小愛，我就是要讓全世界都傳頌，傳頌我們這段刻骨銘心的愛情，而在最美的愛情開始前，你應該在這裡，再看我一眼，多看我一眼，故事就會繼續走下去，那些你在上一段愛情裡從來也不曾感受過的熱烈，那些不離不棄的承諾，都將會屬於你。我所做的一切，都是為了你，看我一眼吧！看我一眼，就什麼都值得了。

小桐佇立在教室的門邊，靠著山而築起的大樓，這季節裡逐漸有風，天色漸晚，微風掠起了小桐垂在兩頰邊的髮絲，卻遮擋不住她凝望徐子尚的目光。她覺得徐子尚應該會有點表示的，而她想等待他的表示，然而這份期待卻落空了，四目交投的時間極為短暫，就那麼一瞬而已，徐子尚轉過了頭，臉上是不帶任何情感的冷漠，他跨開腳步，走過了小桐的身邊。

原來，愛情裡最讓人難過的，不是你後來不愛我了，而是你根本不知道我喜歡你。

幸福，有時候是一首歌；有時，是一首詩；

有時，是忽然下起雨來的午後，一把及時送來的傘，

我知道，汲汲營營在追尋幸福的人是再蠢笨不過的。

但我追求的是一種殘缺裡的完美，

殘缺，是因為我站在你面前；

完美，是因為你讓我的殘缺無所遁形，

所以，你願意跟我一起淪落嗎？

此刻，我關上窗，拒絕滿城裡不止息的騷動，
只想在鏡子前瀏覽我們的不完美，
然後，聽你說：晚安。

「我以為你可能有好一陣子不會找我了。」蓉妮嘆了一口氣。坐在靠窗的位置，可以俯瞰大半個台北的夜景，雖然下了一點雨，讓玻璃窗上留下水痕，但不斷劃落的雨絲卻讓這景致更平添了些許美感。不過蓉妮其實沒有很關注景色，她只稍微瞄了一眼，又看看餐廳裡充滿時尚感的裝潢，視線很快回到桌上，雖然停在那只紅酒杯上，話題卻與今晚這頓昂貴的晚餐毫無關聯，她說：「氣消了是嗎？如果氣消了，下星期一記得回公司上班。」

「我記得那天已經辭職了。」才剛點完餐，他連前菜都還沒看到，聊天的內容卻已經直指核心，這讓徐子尚的心情略受影響。

「辭職？請問你辭呈是遞給誰了？老闆桌上可沒收到這份文件，他問我，我也只能說不知道。」蓉妮搖頭，「所以，在制度裡，你依然是這家公司的員工，也依然是設計部的主管。按照公司規定，無故曠職會扣減薪資，也會列入考績，情節嚴重時才會被開除。」

「不用等什麼情節嚴重了，直接開除我吧。」徐子尚聳肩。

「那請你自己通知老闆。」

「妳不就是我的老闆嗎？」徐子尚忽然笑了出來，「打從進公司到現在，我從來不覺得除了妳之外，自己還有其他老闆。我的工作是妳發下來的，我的作品是妳審核的，我整個設計部都以妳馬首是瞻，現在我要辭職，當然只需要妳答應就好，不是嗎？」

「你這是存心給我難堪嗎？」蓉妮皺起眉頭，神色間有明顯的不悅。

「沒有誰會存心想給誰難堪，尤其是妳跟我之間。」徐子尚搖頭。

停頓了下來，蓉妮似乎在玩味著男朋友口中說出來的這句話，隔了半晌，她才說：「不管怎麼樣，起碼你得給這件事一個交代，否則就算我在公司裡替你請假，這假期也總有過完的一天，到時候老闆問起來，總得有個說法。」

徐子尚苦笑了一下，看著蓉妮，他很想問，是不是這整件事情，品牌部經理只是擔心自己被牽連，只是覺得自己面子掛不住，所以才在這裡說這些呢？不想口角，尤其是在這種地方，於是他點點頭，說：「我會自己寫信給老闆，妳不用擔心。」

像是得到了滿意的答案，蓉妮不再多說，她對眼前陸續送上來的菜色似乎不怎麼感興趣，這是徐子尚挑的餐廳，也是他開口邀約的，然而公司裡還有一堆待辦事項，儘管面對精緻的菜餚，但掛心的還是幾個工作中繁瑣的案子。在接到徐子尚的邀請前，蓉妮已經飛快地在心裡盤算過，倘若徐子尚表露出願意回公司上班的意願，那麼她就有必要再次對這男人曉以大義一番，若干年來，她很清楚自己的男友，他的人生觀是浪漫的，有時難免做些不務實的大夢，但只要體會到自己的處境，也確定了方向，再加上別人從旁鼓勵與督促，他就會認真去執行，是的，自己就扮演了那個處處敦促與照顧的角色；蓉妮也想過，如果徐子尚真的打定主意不幹了也沒關係，她自己在那家食品公司已經做了幾年，非常清楚公司的調性，那裡確實不是擅長設計的徐子尚應該終其一生蟄居的地方，這男人還有不少的創意，應該到更專業的廣告設計公司才對。因此，赴約前，蓉妮還私下準備了一些她物色到的資料，必要時也可以拿出來，一切就看徐子尚今晚怎麼選擇方向而已。

直到牛排送上來，兩人開始用餐，談的幾乎都是不著邊際的話題，蓉妮說著最近幾天公司裡發生的事，徐子尚則顯得心不在焉。蓉妮選了七分熟牛排，細膩而工整地從左邊切起，每一塊肉幾乎都方方正正，大小也很近似，正好是她微張的小嘴所能一口吃下的分量。但徐子尚那邊可就亂了，只有五分熟的一塊肉，攪得盤中汁水淋漓，肉汁帶著血色，弄得白色瓷盤很難看不說，他東一塊西一塊地亂切，讓牛排四分五裂，狼藉不堪。

「既然不想回公司了，不如就找一家設計公司好好待著吧，還記得我二表哥嗎？他們公司現在很缺人，需要熟悉軟體，同時又具有手繪能力的人，而且還要求要有業界經驗，你應該可以勝任，如果有興趣……」不想老盯著對面那塊慘遭凌遲的牛排，蓉妮想帶起話題，然而徐子尚剛把一大塊牛肉塞進嘴裡，卻搖了搖頭，說前幾天回學校找河豚老師，才剛談了個人工作室的計畫。

「個人工作室？」蓉妮啞然失笑。

「妳知道，那是每個念設計的人，都會懷抱的心願。」徐子尚嚥下那塊肉，又喝了一口紅酒，說：「河豚老師那邊有幾個政府的案子，他正愁沒有可以推薦的設計師，現在可好，我工作室還沒開張，生意就上門了。」

「你在開玩笑是吧？河豚老師耶，都幾百年沒見過的人了，他能介紹你幾個案子？那是多少錢？能做多久？做了之後，賺到的錢又能養你多久？等那筆錢花完，工作室要再到哪裡接案子去？」蓉妮說得很快，一連幾個問題，但沒有等徐子尚回答，她說：「欸，我不認為你應該還懷抱著這麼天真的想法耶，每個設計系畢業的學生，都可以做那種春秋大夢，以為只要坐在家裡，窩在電腦前面，就會有源源不絕的案子從天上掉下來，拜託，你自己以前不也否定過那種不切實際的夢想嗎？整天關在家裡的人，去哪裡認識新的產業？別人又為什麼要把案子交給你？只有那種貪小便宜又沒有設計眼光的小公司，才會把工作交給這種個體戶，難道你會不清楚？你要接什麼案？畫畫菜單、畫畫招牌，每個案子賺幾百塊、幾千塊，再受一堆那些沒眼光的業主的氣，是這樣嗎？」

「口碑是需要經營的。」徐子尚堅定地說，卻完全沒辦法說服蓉妮，她嗤之以鼻，放下手中的刀叉，揮揮手，說：「廢話就不講了，我只問你一句，這件事成定局了嗎？」

徐子尚點點頭，說：「我請河豚老師幫我聯絡代書，已經提出政府立案的申請，會成立真正的工作室，這絕對不會是妳想像中的那種家家酒。案子我也答應要接了，下個星期就要開會討論設計內容。」

「那你找我幹嘛？」哼出一道長氣，蓉妮只覺得荒謬至極，她瞪著徐子尚問。

「我以為妳聽到這個消息，會因為自己男朋友出來自立門戶而感到高興，會覺得今天的晚餐很具有紀念意義。」

「很抱歉，那顯然我是搞錯了。記得把你的辭職信寄給老闆，其他的，我會當作沒聽到，今天這個約，也請你當作我根本沒來過就好，謝謝。」椅子往後一移，蓉妮忽然站起身來，拎起掛在椅背上的包包，轉身前不忘拿起桌上的帳單，只說了一句話：「這頓飯算我請你，就當作是失業救濟吧。」

如果學會衡量麵包的重量才算長大，那長大的代價未免太可悲了。

07

「這麼有閒情逸致，還能跑出來看展覽，看完也不回去，又坐下來喝咖啡，我說，你們河豚老師是轉了性，大發慈悲了呢？還是這年頭的學生真的膽大妄為到這種地步，一點也不把迫在眉梢的畢業製作放在眼裡了？」談笑間，拉開椅子，也不管這小圓桌是否還有其他人，就在小桐面前，徐子尚悠哉坐下。

先是愣了一下，跟著也笑出來，小桐回頭望望後方，咖啡店外面行人疏落，而徐子尚身邊也無旁人，看來也是自己獨自前來的，她說：「前面那幾句話就完封不動地奉還了，而我說哪，你們公司老闆是豁達大度到這種程度，居然可以放任員工在上班時間跑出來看展覽呢？還是這年頭的上班族都無法無天成這樣呢？」

徐子尚哈哈大笑，他搖搖頭，卻也不多做解釋，只問小桐對這個展覽有何看法。

「差強人意，坦白講，沒有多了不起的地方。有些設計師的作品很有創意，但濫竽充數的似乎也不少，與其說是展覽，不如說是稍微有點格調的大賣場而已。」小桐說。

徐子尚點點頭，拿出一張名片，就擱在小桐的咖啡杯前，上面寫著設計工作室的名稱，以及設計師的大名。

「這是怎麼回事？」小桐納悶，上次在學校相遇，她事後曾聽河豚老師說過，學長本來在食品公司任職，怎麼忽然間就改行了？

「道不同不相為謀，就這麼簡單而已。」徐子尚聳個肩，指指販賣部的櫃台說：「還不快去買杯咖啡來請客，慶祝我今天談成了第一筆設計案？」

那是一種很奇怪的感覺，說不上來，但肯定是愉快的。小桐真的掏錢請客，徐子尚一邊喝著咖啡，一邊慢慢說了起來，他今天起個大早，跑了趟市政府，河豚老師把他引薦給幾位承辦官員，當下就談定了合作方案，也已經完成簽約，這是他成立個人工作室後所接到的第一筆生意。簽約完成後，心情大好，他想起最近在松山菸廠有個設計展，所以才逛了過來。

「看完展覽，相信你也一樣失望。」小桐說：「枉費我今天還特地蹺課，眼巴巴地跑來，想趁著平常日的參觀人潮少一點，能認真多看點東西的，沒想到卻大失所望。」

「這世界上本來就沒有十全十美的設計呀。」

「如果要說是那些設計師的設計，那確實糟透了，但如果要說是老天爺的安排，那這安排倒還挺有創意的。」小桐微笑，她觀察著徐子尚的表情，卻看不出來有任何變化，即便聽到這頗富曖昧的話，他竟也只是淡淡一笑而已。

這一次，不比上回在教室裡，那時還有老師跟同學在場，很多話不能聊，也怕說多了會引來別人側目，當年的風風雨雨雖然隨著時間過去而平息，但誰也難保會有些好事之徒再拿出來比對比對。但這裡不同，咖啡店雖然也在松菸，然而跟展場還有些距離，店裡很安靜，再沒有旁人。

她聽徐子尚說起之前的工作，在一家食品公司任職時所累積的心得，那兒雖然只需要負責自己公司裡的各類設計，但相對地也受到了想法上的侷限，不能自由揮灑，什麼都必須依照公司上層開會決定後的計畫去執行，無形中當然少了很多自己的創意。「有時候安安穩穩的工作，是最讓人受不了的工作。」對此，徐子尚下了一個結論。

「早知如此，那你何必當初？」

「當初是女朋友介紹的呀，她都已經是品牌部經理了，還以為大樹底下好遮蔭，沒想到後來反而更糟。」徐子尚苦笑。

你們是辦公室情侶嗎？辦公室戀情，這五個字在小桐心裡不自覺地生出想像，而那些想像的畫面有一大半來自於看過的日劇或台灣偶像劇，那給小桐的是一種既時尚又新穎的感覺，但一般來說，應該都是男生在較高的位階，才會跟職位低階的女主角衍生出故事，可是眼前這一齣顯然不是美好的結局，聽著徐子尚口氣裡的諸多無奈，小桐很想多探問一點，卻又有些顧忌。

「至少你現在已經有了不錯的新發展。」她只能搖搖還拿在手上玩味的這張名片，說：「很棒耶，從此建立自己的品牌，當一個自由接案的設計師。」

「那也意味著三餐不繼的生活要正式開始了。」徐子尚笑著。

聊起工作室的地點，徐子尚說他原本賃居的小套房隔壁還空著，跟房東談好價錢，也一起租下，如此一來，隔著牆而已，一邊是自己的狗窩，另一邊就可以是工作室，只是現在還空空如也，完全沒有任何佈置。

「應該叫你女朋友來幫忙的，可以一起去挑選便宜又好看的家具，至少得稍微像樣點，否則萬一有客戶上門，你怎麼招呼人家？」小桐說，她試圖在話題中不斷帶到那個其實只有過匆匆的一面之緣，卻始終存在的「徐子尚的正牌女友」。

「再說吧，大家各有工作要忙呀。」

「如果需要幫忙，隨時告訴我。」小桐說：「也許你會發現，有一位設計界的明日之星就在你眼前。」

「誰？是妳嗎？」徐子尚用誇張的表情看著她，「小鬼，妳也懂設計呀？」

「設計你的話應該沒問題。」一語雙關，小小的咖啡店裡，響起他們兩個人一陣爽朗的笑聲。

我不說，所以你也就永遠不會知道，
我的第一件設計作品，是我們的愛情。

「這個案子所包含的部分很多，要是以單一一個計畫來算，那價錢肯定不低。礙於政府機關的法令規定，如果超出了一定額度，就必須採用公開招標的方式進行，這一點大家都是知道的。因此，為了避免公開招標所衍生的麻煩，我們決定改變做法，將這個案子分拆開來，把每個子項目拆細之後，金額就可以降低許多，也就不會受到法令的限制，大家也比較好做事。」說了一連串冠冕堂皇的解釋後，那位西裝筆挺的官員指指徐子尚面前的卷宗夾，告訴他：「依據我們目前現有的經費及進度考量，這個案子的內容也有所變更，不過還是要麻煩徐先生幫忙了。」

那幾個政府官員的臉上雖然依舊帶著客氣微笑，但徐子尚總覺得他們的嘴臉跟前幾天差很多，看來河豚老師在不在現場，這些人的態度還真是天壤之別，這當下，誰也不把他這位剛開宗立派的小設計師放在眼裡，原本說好的一個龐大計畫案，轉眼間說變就變，現在只剩下一小部分要發給他。

走出市政府時，他有一種天地雖大，卻難以容身的無奈感。自行創業的設計師，聽起來非常自由，似乎很能夠隨心所欲，但換個方式來看，就像他現在所感受到的這樣無奈。徐子尚在路邊點了一根香菸，可是才抽沒兩口，蓉妮忽然從公司打電話來，第一句就問他這個會開得如何，還說如果真的混不下去，她不介意再提供一次失業救助，那語氣聽來可真是調侃嘲諷得很。

「好得很呢，妳千萬不要為我擔心，還是專心處理妳品牌部經理的工作吧。」沒好氣的，他很快就掛了電話。滿肚子怨氣，他連那根菸也不想抽了，戴上安全帽，準備騎車回去，但才剛掏出機車鑰匙，手機忽然又響。

「失業補助的申請有一定規範，我現在是一家公司的負責人，妳聽過老闆去申請這種政府補助的嗎？」徐子尚忍不住開罵：「媽的不要瞧不起人呀！」

「失業補助？你的工作室這麼快就關門大吉了嗎？虧我還想去遞履歷耶？」電話那頭是另一個聲音，小桐滿是疑惑地問：「你該不會設計出什麼害死人的東西，現在已經在跑路了吧？」

有些事情不好解釋，也不知道能怎麼解釋，徐子尚一下午都皺著眉頭，實在不想談到蓉妮的問題，他為了讓自己看起來成熟穩重一點，特地留了下巴的小鬍子，再加上這副表情，顯得更有藝術家的陰鬱氣質，不過小桐很不領情，在工作室裡安安靜靜地幫忙整理半天後，她說的第一句話是：「我說真的，你下巴那一撮鬍子是不是早上沒刮乾淨的，我怎麼看就怎麼怪，你要不要回房間去刮一刮？」

「刮個屁，這是造型。」徐子尚剛把一疊書都搬進書櫃，橫了她一眼。

「難怪人家說，設計師最需要的是鏡子。」小桐嘆口氣，自言自語地說：「果然要設計別人之前，還是先設計設計自己比較好。」

「再囉嗦我就開除妳。」拿起一根塑膠玩具槌子，敲在小桐頭上時，還發出可愛的啾啾聲，徐子尚生氣地說。

這個幾坪大的小工作室裡，除了一張電腦桌之外，旁邊牆面都擺了書櫃，但其實徐子尚沒有那麼多書，櫃子裡更多的居然都是玩具，一個大男人怎麼會有這麼多玩具呢？小桐覺得很新鮮，從那根擱在牆角的塑膠玩具槌子，一直到遙控汽車，外加一整排的鋼彈公仔，她覺得自己置身的地方，根本不是什麼設計工作室，反而更像玩具店。

「要說品質跟效率都好的印刷廠，其實北部就很多，尤其在中和、永和一帶，只要妳花得起錢，他們什麼都能做好，根本不需要那麼苦惱，妳也可以省下不少時間。」拉開窗簾，陽光投射進來，把空氣中懸浮著灰塵之類的飄浮物都映出充滿浪漫氛圍的層次光線感，徐子尚跨過滿地的木板跟零碎雜物，說：「本來我是可以陪妳去找，甚至幫妳談談價錢，但妳也看到了，我這裡百廢待舉，根本抽不出空來。這樣吧，我有幾個以前合作過，感覺還不差的廠商，名片給妳，我再幫妳打打電話，先聯絡一下，也許看在我以前跟他們配合過的面子上，能有一點折扣，如何？」

「如果這招有用的話，我就不會跑來找你了。」小桐鄙夷地說：「人家連河豚老師的面子都不肯給了，你的面子難道有比較大？別開玩笑了。」

「面子有沒有比較大，這個我不敢保證，但我可以肯定的是另一件事。」沮喪地彎腰，那堆木板都是等著組裝的櫃子，徐子尚拾起了電動螺絲起子，準備開工。

「什麼事？」

「妳遞履歷給我之後，我要做的第一件事，就是開除妳。」他說。

這是小桐第一次來到工作室，也等於是來到他家，一牆之隔，徐子尚起居的房間就在隔壁而已。小桐能幫的忙還不少，那些從網路上買來的組合家具，拆開包裝後，都由她負責擦拭，先將上面的灰塵木屑處理掉，徐子尚再一一組裝，然後擺到定位。櫃子擺好後，一些零散的小東西跟包裝盒又由小桐負責收拾。兩個人忙了一下午，已經渾身大汗，眼見得諸事已畢，大致就緒，小桐突發奇想，問徐子尚要不要重新粉刷這房間。

「如果你只是個寫作的，那白白淨淨的房間就很合理，但既然你是設計師，需要多元的色彩跟構圖想像力，那是不是這房間就不應該只有太簡單的白色？」她張望了四周，說著自己的想法，而行動力旺盛的徐子尚只思考了一分鐘不到，當下點點頭，立刻贊同了這個提議。

不騎機車，免得東西太多會運不回來，在前往居家用品大賣場的公車上，後面的雙排座位已滿，過沒幾站，先有駕駛座後方的單人位置空了，徐子尚讓小桐落座，又隔不久，車門這邊也有位置，於是他自己坐下。

在斜對面的位置，小桐不方便回頭看他，也不曉得他心情好點了沒，本來打電話相詢印刷廠的事，她其實正懊惱於畢業製作的問題，系上幾個老師逼得緊，要她從設計的出發點就進行更改，這讓一直秉持梳妝台構想的小桐非常頭痛，原先也想問問徐子尚的意見，但電話中聽他似乎心情欠佳，於是決定把這些惱人的問題暫且放下，反而自告奮勇要幫忙安頓工作室，讓徐子尚有點事情忙，或許他心情就不會再悶著。

外面不知何時下起雨來，雨絲劃過車窗，拉出細長的水線，小桐看著外面行人紛紛走避，有些機車騎士則停下來穿雨衣，她正被這突如其來的雨景給吸引，但手機忽然響起。

「除了重新粉刷工作室，還有沒有什麼需要補充的？」徐子尚的聲音傳來。

「我覺得還缺兩樣東西，」小桐笑著說：「第一個是打卡鐘，第二個是我的座位。」

徐子尚的笑聲分別從電話跟背後傳來，他在盤算著，待會到了大賣場，除了油漆之外，是否還有其他東西要買，但小桐的心思則瞬間從眼前的雨景被抽離，她想起的是好幾年前，跟徐子尚在公車上偶遇，一起到永和的美術社去買東西時，兩個人也曾經在公車上，一人坐著一個位置，卻講了好久的手機，那種既遙遠卻又緊密的距離感，讓她至今印象深刻，那是自己最迷戀他的日子。

這幾年，他們關係好嗎？從闊別已久後的重逢，徐子尚說要成立工作室開始，一直到今天為止，都沒見蓉妮出現過，他們的感情是不是變得比以前更淡，或者關係比以前更僵了？否則蓉妮怎麼會放任自己的男朋友一天到晚四處亂跑？

從大一至今，小桐其實從沒正面跟蓉妮接觸過，除了那次在金山的一面之緣外，她只在系學會的網站上看過幾張蓉妮的照片而已，那個女生長得很清秀，留著俐落的短髮，有精明能幹的眼神，看起來就是個非常冷靜而積極的人。徐子尚怎麼會喜歡這一型的女生呢？她實在搞不懂，按理說，男生不是都喜歡小鳥依人，會把男朋友當成自己生活重心的那種女孩嗎？如果你的女朋友可以活在自己的世界裡，從來都不需要你的照顧，那你這個男朋友還有什麼存在價值？小桐聽著電話，很想插嘴問出這個問題，但她始終壓抑著。徐子尚在電話中告訴她，待會就可以準備下車，再過一站就抵達大賣場。

「有沒有考慮過，把你女朋友的合照給擺上來？我看書櫃上面還有空間。」她自己也不知怎地，忽然這麼問，而本來正開心期待著要逛賣場的徐子尚則因為這問題而笑聲一沉，瞬間沒了聲音，還以為電話斷了，小桐又喂了兩聲，並轉過頭去，只見徐子尚坐在位置上，他臉色沒有不悅，卻露出很認真在思考的表情。

「妳知道有些情侶的關係很奇怪，他們在一起，並不是因為有什麼非得在一起的理由，妳懂嗎？相反的，並非因為相愛，他們可能只是找不到分手的理由。」語氣中透著一點無奈，他說：「我最近在自己的愛情裡，就經常有這種感覺。」

「所以你需要的是一個轉好或轉壞的契機，是嗎？」小桐沉吟著問，而徐子尚則「嗯」了一聲，他本來想問問這個頗有點小聰明的女孩，想聽她是否有任何高見可以提供參考，然而車上廣播響起，已經到了該下車的時候，斜前方，小桐站起身來，而電話裡，小桐說：「愛或不愛如果都有理由，那，一定都是騙人的。」

因為我找不到一個愛你的理由，但我愛你，
所以，愛或不愛，只是感覺問題。

左邊一面白牆上，畫了一片用許多幾何圖形拼湊成的圖畫，連接那些五顏六色的圓形、正方形與三角形的，是一條條線段，徐子尚看了半天不明所以，小桐說那是蒙德里安風格的景物，取名叫作「寂寞的想像」。

另一側，右邊白牆上，畫了一個女人，她擺出有點駭人的姿勢，岔開了雙腿，表情痛苦，一顆心臟被剖切成兩半，不是非常寫實，卻帶著些許隱喻，徐子尚一眼就看出這是芙烈達的特色，小桐說這個叫作「心碎」。

「我記得妳以前好像就很會模擬這兩個畫家的風格，都過那麼多年了，怎麼不學學其他人的特色，老畫這些東西？」徐子尚搖搖頭，又說：「再說，這是我的工作室，再怎麼樣，這牆壁好像都輪不到妳來畫才對吧？」

「一個人沉浸在自己的世界裡，那還有什麼進步空間呢？現在我給你的牆壁穿上新的衣服，也算是為你帶來一點新的刺激，或許能提供你更多創作的靈感，看在這一點的份上，晚餐都應該由你請客了。」小桐不服氣地說，為了畫這面牆，她已經被各種顏料沾得滿身都是。

「那這個呢？這個又算什麼？」徐子尚嗤之以鼻，指指旁邊一個才剛剛裝好，還擺在地上，但很快就被小桐踩壞的木架，問她：「這裡面該不會也包含著妳的創意吧？」

「這個嘛，這應該可以算是裝置藝術的一種，」小桐想了一下，說：「我個人將它命名為『壞掉的書架』。」

「妳如果已經搗足了蛋，拜託還是快點回家去吧，好嗎？」哭喪著臉，徐子尚說。

工作室還沒正式開工，徐子尚已經花了不少錢裝潢佈置；而小桐更慘，她還沒爭取到自己的座位，也沒領到今天的薪水，卻已經毀了一件上衣，連腳上的布鞋都滴到不少顏料。

「我賠給妳，找時間去買一雙新鞋吧？」當一整天的工程終於結束，只剩下後續的清理，小桐已經累得虛脫，但她收拾著東西時，總不時地抬頭，看看牆上那兩幅自己的畫作，雖然面積都不大，但畫得很用心。老實講，她對這樣的作品並不滿意，事實上自己長久以來，也老早沒在畫這些東西了，之所以選了蒙德里安跟芙烈達的風格來創作，她很純粹地只是想讓徐子尚連結到一些過去的回憶，而且，在這裡作畫，小桐還有另一個用意，她看著坐在一旁抽菸，同樣也滿臉倦意的徐子尚，心想：你會明白嗎？你會察覺到嗎？好吧，就算你永遠不會懂，但至少，你總會記得我了吧？只要一回頭，你就會發現，我都在這裡。

「我臉上有什麼髒東西嗎？」忽然對上視線，徐子尚叼著菸，一臉納悶。

「我只是想看你那根菸到底要抽多久，哪時候才能送我去坐車回家。」小桐把心事藏得極好，她笑著說。

好不容易等那根菸抽完，要往附近的公車站牌去時，小桐低頭嘆息：「可惜哪，這雙鞋雖然不貴，卻挺好穿的，沒想到居然會死在你家。」

「那還不簡單，我們去找個夜市，不然西門町，或者東區，台北那麼多逛街的地方，還怕找不到一家鞋店，會買不到一雙一模一樣的鞋子？」

「這就是男人最天真也最可悲的地方。」瞄了他一眼，小桐鄙夷地說：「你就這麼天真地以為這款式永遠不會退流行嗎？」

「那怎麼辦？」

「隨緣吧！」嘆口氣，夜幕低垂了，外面燈火通明，車水馬龍，小桐走在前面，她一踢腳，鞋尖把地上一個空的香菸盒垃圾踢開，語氣裡帶著感觸，她說：「一雙合腳的鞋子跟一個適合的男人同樣難找，滿街都是的，就讓人看不上眼，而挑到一雙滿意的，卻偏偏又都是別人腳上的。」

華燈初上的時分，她剛上公車，滿身疲憊，心裡卻滿溢著開心的滋味。今天原本是為了畢業製作的一些問題而來，然而從頭到尾，他們卻沒對這件事多聊上一句，但這樣也好，小桐心想，如果一次就把所有問題都解決了，那下次自己還有什麼理由約他？

公車搖搖晃晃，她沒位置坐，鼻子裡不斷聞到其他乘客所散發出來的汗臭跟各種體味，讓她鼻子很不舒服，不過自己今天忙了那麼久，也流了不少汗，搞不好別人也一樣覺得她臭不可當。她想快點回家洗澡，但可惡的是這班公車速度好慢，好不容易捱到一個不用被擠來擠去的角落，正盤算著哪個位置會最先空出來，手機忽然響起，原來是郁青打來的。電話那頭傳來歡樂的喧鬧聲，班上一群人今晚約了唱歌，郁青開心地問她要不要一起參加。

「你們還有時間唱歌呀？」語氣是苦笑，但其實笑得很冷，她心想這群人還真是死到臨頭都不覺悟，什麼時候了，畢業製作被叮得滿頭包，居然還有心情去唱歌？婉言推掉，還叫郁青玩得開心點，她掛上電話時，鼻孔裡哼出鄙夷的一聲，你們想死就自己去死吧，不用拉我一起下水，尤其是這個郁青，平常就賴著那一群人，有什麼便宜也不會分享，現在找我做什麼？難道是買單時需要我去當分母嗎？

剛掛完第一通電話，她手機還沒收，電話忽然又響，刺耳的鈴聲又一次引來其他乘客的側目，這一次她看看來電顯示後，稍微猶豫了一下，決定暫時不接，直接把它按掉。但那人似乎也不死心，很快又打來第二通、第三通，一直到了第四次，小桐才不甘願地接了起來。

「妳正在忙嗎？」電話那頭是明顯不悅的男人聲音。

「剛才在跟老師討論，現在在忙畢製，你又不是不知道。」小桐的語氣也不善，對比於剛剛那通電話她還願意偽裝一下，這時她的不假辭色則非常直接。

「我想問妳最近哪時候比較有空，部隊裡要排假了。」

「隨便你。」懶得囉嗦，她說：「你放假就先回家陪你媽媽吧，看怎樣再打給我就好。」說完，也不管電話那邊是不是還有話，她只丟下一句：「我在擠公車，有什麼事晚點傳簡訊給我就好，就這樣。」

就這樣，如果什麼都可以順著自己的想法，一切都「就這樣」，那該有多好？當她回到家，脫去被汗濡濕的衣服，享受蓮蓬頭裡噴灑出的熱水時，心裡這麼想著。人世間應該沒有辦法讓一切事情都「就這樣」的吧？如果真能那麼隨心所欲，那幾年前她苦心策畫的小手段就不至於落空，而現在，她也不需要畫了老半天，還毀了自身的衣服跟鞋子，就只為了讓人家稍微多記得她一點。自己到底在幹嘛呢？繼續沖著熱水，她伸手抹抹被水蒸氣覆蓋的鏡子，照出了自己的半張臉。「周芯桐，我告訴妳，」她對鏡子裡的自己說：「妳最好保證自己在幹這一切事情的時候都是清醒的，好嗎？」但說著，鏡子很快又被水氣籠上，她連想看自己是否有一雙堅定的眼神都不可得。

夜很深時，所有的工作都還沒著落，地板上依舊擺著一大堆紙板素材，電源開啟中的電腦螢幕上則是她畫到一半的圖檔，洗完澡，所有令人懊惱的現實又回到眼前，而手機還不放過她，在桌邊不停震動著，開心地走過去，本以為會是徐子尚，然而看到來電顯示之後，臉色又是一沉。

「你不是應該準備就寢了嗎，怎麼還打電話？」

「假已經排好了，後天開始放。」那頭，他說。

小桐心不在焉地嗯哼一聲，她把手機夾在肩膀上，拿出抽屜裡的指甲剪，開始修起腳趾甲，電話那頭，他又說：「我早上先回家，下午去找妳，方便嗎？」

「等晚上吧，」她皺眉說：「我白天要上課耶。」

「小桐，我們是不是應該好好談談？」那人沉吟了一下，有點探詢地問。

她嘆了一口氣，很長，一時間不曉得該說什麼才好，只覺得自己腦海裡轉過許多念頭，過了半晌，才說：「我說了，下午有課，你那麼急著要碰面的話，那就後天晚上吧，老地方見。」

要聊什麼呢？要談什麼呢？她放下指甲剪，眼神空洞，連思緒也是，費了點勁，她才在腦海裡拼湊出一張臉孔來，因為當兵而理了平頭，戴著黑色膠框眼鏡，說話有點慢，平常老是憨笑，說起來也算得上是個忠厚老實的好人，只是自己怎麼也想不起來，這男生在入伍前到底是什麼髮型？當初他是怎麼出現的？自己又到底是為什麼，會接受這樣一個其實有點愚鈍的男生當自己的男朋友呢？她轉頭照照鏡子，有些懷疑，不太認得映出來的那張臉，好像比剛剛在浴室裡看到的那模樣又更陌生了點。

是不是每個人在愛情裡都會有兩張臉，一張給情人的，一張給自己的？

10

當那一雙粗大的手環過她的後頸，溫熱的觸感接觸到肌膚時，她本能地縮了一下，微低下的頭，會讓人錯以為是羞怯，但她臉上沒有欲迎還拒的笑意，只有淡漠的眼神。楊成愷像是察覺到了一點氣氛的異樣，於是他縮回手，有點顫巍巍的，想看清楚小桐的表情，無奈那低垂的長髮已經遮住了臉，從隙縫間傳露出來的只剩下距離感。

「如果妳有什麼事，或者什麼話想對我說，就告訴我，好嗎？」楊成愷猶豫了一下，說：「我覺得，妳可以不用……不用這樣子的。」

他並不是個在同儕間非常活躍的人，大多數時候，楊成愷總給人一種湊數的感覺，打從一開始就是這樣。那是小桐的大一新鮮人時期正要結束前，初夏裡一個再平常不過的日子，班上那群人開始拉攏郁青，都已經十幾個人了，這個主流團體還在不斷擴大，以班代為首的他們企圖營造出班上無比的凝聚力，但不知怎地，小桐就是不喜歡，對她而言，念這個科系與小時候學畫畫並無直接關係，她只是因為父母的期望與考試分發的雙重因素使然才來到這裡，既然沒有太大興趣，當然也對這群以開創設計新領域為終極使命的阿呆團毫無向心力。阿呆團是她私底下給那群人取的稱號，以往她可以肆無忌憚在郁青面前這麼叫著，但現在可不行了，因為郁青一天到晚跟他們混在一起。所以她決定退出這場無聊的搶人大戰，而如果跟郁青在一起，就得整天聽她說那些人的好話，那她寧可不要這個跟班也無所謂，頂多只是旁邊少了一個人，日子有點無聊而已。

遇見楊成愷，就是在那樣一個不上不下的尷尬時候，那天，拿著飯糰跟柳橙汁當午餐，她在圖書館樓下的階梯邊吃著，初次見面的楊成愷冒冒失失地跑來，手上拿著學生畫展的介紹手冊，還有一枝油性細字筆，問小桐能不能幫他簽名。

「恭喜妳拿到第一名。」學生畫展是設計學院每年盛事，今年，一個初試啼聲的小女生拿到第一名，著實跌破不少人的眼鏡，小桐很滿意這個成績，但很不高興介紹手冊上用了一張她覺得很醜的生活照。

他自我介紹，是數位多媒體設計系的三年級學生，平常過的是宅男生活，學生畫展講求的是手繪技術，他望塵莫及，但一個展覽看了幾次後，他也覺得第一名的作品確實實至名歸，由衷欽佩。

「謝謝。」聽完恭維的話，把手冊跟筆都遞回去，她本來以為這男生就會走開，自己也能坐下來，繼續解決剛吃了一口的午餐，沒想到楊成愷卻沒挪動腳步，站在那裡，躊躇片刻後，囁嚅著問她：「那個……我可以跟妳當朋友嗎？」非常老土的台詞，非常誠摯的眼神，他有點發軟的語氣，又問了一次：「可以嗎？」

小桐從來也不覺得感情的發端應該有怎樣的模式，事實上，也許費盡心機所做的一切都可能只是枉然，一個人之所以願意接納另一個人，需要的恐怕通常都只是個契機，但一個契機雖然可能牽引出一段緣分，可是每一段緣分都有耗盡的一天，如果緣盡了，那人們該怎麼辦？是該毫不留戀地揮別呢，還是繼續掙扎，希望可以多延續一些？她想到的是第一次見面那天，楊成愷抬起頭來，望著她時的眼神。

對比於這當下，那一刻好像已經是上個世紀般遙遠，小桐還記得楊成愷告白那時的情景，雨天，到處濕漉漉的，走起路來非常不方便，然而她的雨傘中午時在學校外面的快餐店就被偷了，這當下只好把包包頂在頭上遮雨，三步併作兩步，快跑進校門。可是進了校門之後呢？設計學院距離校門非常遠，還有好長一段路要走，又該怎麼辦才好？

正在警衛室的屋簷前徬徨，一邊卻忽然有把傘遞過來，楊成愷戰戰兢兢的，而他背後是一大群正準備看好戲的男生，他們慫恿這個超級宅男過來示好，一群人卻在老遠的地方竊笑著。

「這個借妳。」楊成愷簡直慌亂不已，也不管小桐那當下有多狼狽，他直接把傘塞到女孩的手中，接下來卻說不出話。

「那你呢？」小桐滿臉都是雨水，一時間也不曉得該不該拿人家的傘。

「沒、沒關係，我沒關係。」楊成愷趕忙搖頭，指指那群人，表示他可以跟同學共用就好。

「下次還你，可以嗎？」小桐看了看天空的陰雨，說：「我傍晚六點下課，六點約在這裡，我把傘還你，好嗎？」

「不，不用急。」也不曉得哪裡來的勇氣，楊成愷嚥下一口口水，深吸一口氣，忽然迸出一句莫名其妙的話，「小桐，我很喜歡妳。」

「啊？」她這一聲很大聲，而遠處那群男生跟著也起了一陣哄笑的回音。

「他們……他們不相信我敢告白，」楊成愷幾乎連頭都不敢抬起來，扭扭捏捏的，他說：「其實，我自己也不相信。可是，可是我覺得如果不告白，以後我一定會很後悔。所以，所以，所以……」

「所以怎麼樣？」小桐已經忘了要把傘撐開，雨水落得唏哩嘩啦，水氣瀰漫在他們之間，她在楊成愷一連說了三次「所以」之後，忍不住問他：「所以這把傘，是你告白的道具嗎？」

「如果我們可以交往看看，那麼，那麼傍晚六點，我在這裡等妳，」這大概是楊成愷唯一想得出來的台詞了，他說：「要是不方便的話，也……也沒有關係，雨傘送給妳就好了。」

兩年前的夏天，那個雨還沒停的傍晚，她赴了一個約，把傘還給楊成愷，楊成愷撐起傘，陪她一起漫步到捷運站，走出傘下時，小桐變成一個有男朋友的女生。

儘管那是兩年前的事了，但有些畫面她還歷歷在目，只是此刻忽然想起來，未免顯得諷刺。小桐看著現在的楊成愷，有些說不出話來的感覺，她又嘆了一口氣。兩個人相對無語，面對面地站著，而傍晚七點的忠孝敦化捷運站出入口外面，往來人潮絲毫沒有因為他們而停下腳步。

「我媽在問，說很久沒看到妳，想問妳最近有沒有空，去家裡吃飯。」低著頭，像做錯事的孩子，楊成愷沒有興師問罪的氣勢，反而一如他往常的卑怯個性，「她說，她打了很多通電話給妳，可是妳都說在忙。」

「我忙什麼，你又不是不知道，以前你們數媒系也有畢製，大四就是這樣呀。」小桐的解釋不像解釋。

「可是……」

「你覺得我變心了，是嗎？」不想聽那些支吾其詞但又掩飾得極其失敗的旁敲側擊，小桐早已有了要攤牌的心理準備。這一天遲早會來，她其實並不意外，打從兩年前她去赴了那個約開始，她就知道事情總有一天會走到這一步。

楊成愷沒有說話。

此時飛過小桐腦海的，是一些零星的畫面片段，楊成愷陪她度過了很多個沒有徐子尚也沒有郁青的夜晚，他們可能窩在一起看看電視，或者去男生的家裡，楊媽媽很喜歡兒子的女友，也很樂意讓他們交往，直到男生面臨大四的畢業製作，這才因為忙碌而少了聚在一起的時間。

那是愛情嗎？在楊成愷忙於課業，或者入伍當兵後，終於又回到自己一個人的生活時，小桐有時會這麼問自己，那是愛情嗎？她有一百萬個理由相信楊成愷是愛她的，自己不管有多少任性的要求，這個男朋友從未拂逆，哪怕是三更半夜，她想吃一碗肉羹麵，或是焦頭爛額的考試週裡，她興之所至想去看海，楊成愷總是二話不說立刻答應。

那我愛他嗎？小桐在心裡問，她看著皮膚曬得黝黑，但眼神一樣無辜的楊成愷，不管歷經多少部隊裡的操練，眼前的他永遠都是這麼單純畏懦的樣子。我愛他嗎？這個人是我所愛的嗎？她把所有的回憶畫面都收攝掉後，就剩下這個簡單至極的問題，而與此同時，她忽然想到徐子尚，那當下小桐自己有些愕然，原來面對一個喜歡的人，不需要找理由來解釋，那種悸動的感覺就是太明顯地存在著；反之，面對一個已經不再喜歡的人，原來就算找再多理由，也無法說明究竟那顆心是為了什麼而不跳了。

「如果，如果妳有什麼想說的，真的可以告訴我，沒關係，好嗎？」楊成愷又重複了一次開場白，他始終天真地以為，只要自己夠坦然，那麼，女朋友也會把所有的想法說出來。

可是他錯了。

小桐從一開始就沒坦白過，從來沒有。所以楊成愷始終都不曉得設計系曾有過的一段風波，他完全沒聽過那些謠言，也不曉得在自己登場前，這個女孩就曾跟他們系上的學長有過一番沸沸揚揚的過往。

「阿愷，我們分手了，好不好？」有些木然，小桐想起徐子尚說過的話，他說他跟蓉妮之間，處在一種既沒有在一起的必要，卻也找不到分手理由的微妙關係。

「妳不愛我了，是嗎？」楊成愷的情緒出乎意料地平靜，他只是低著頭。

「其實你的條件很好，退伍後，你一定會找到更好的女孩子。」沒有回答他的問題，小桐說：「我只是，覺得，我們……不適合了。」

茫茫然，一個人走過摩肩擦踵的人行道，下了階梯，站在燈火通明卻毫無生氣的地下街裡，佇立很久後，小桐拿出手機，她不曉得自己是否應該期望楊成愷傳封簡訊，或者再打通電話來，她只知道這個分手非常潦草，有些深心處的話，她不忍心當面說出來，就怕太傷一個善良好人的心。

「小桐，可不可以告訴我，我們是不是真的不可能了？」悄立良久後，手機震動，楊成愷連在簡訊裡都不改他軟語低聲的個性。

「我曾經不斷催眠自己，告訴自己，愛，就是沉浸在被你愛著的感覺裡，但現在，我不能再騙你也騙自己了。對不起，真的，我不是變了心，我只是在他出現後，才知道自己原來從不曾愛過你。」這是她唯一能說的，已經夠殘酷了，文字輸入後，她知道自己從此不會被原諒，卻也祝福這個收件人能早一點找到他真心所愛，也愛他的人，訊息傳出後，小桐蹲在人來人往的敦化南路邊，為了自己也不曉得還能怎麼解釋的愧疚感而哭了起來。

殘忍的不是不愛了，而是沒愛過。

「你有沒有一種經驗、想法，或者是感覺，就是……可能有些事，或者有件事，是你非常想去做的，可是別人很不看好，在別人眼裡，會覺得你這叫作找死，你可能會粉身碎骨，可能會身敗名裂，可能跟自我毀滅沒什麼差別。然而，無論那些眼光怎麼看，就像有些人寧願傾家蕩產，一生也要去朝聖一次那樣，你就是打定了主意要去做，你有這種經驗嗎？」她小心翼翼地說著，深怕自己一不小心，就把「愛情」這個關鍵詞給帶了出來。

「當然有，」徐子尚點頭說：「就像我開了一家設計工作室一樣。」

「問題是，你怎麼知道自己的堅持會不會到頭來根本就是錯的？」小桐又問。

「這世界上，有很多事情的對或錯，只有妳自己知道，」他聳肩說：「妳知道那是對的，那就夠了。」

有些事，她想或許不需要全部交代清楚，但她有必要這麼問，看著徐子尚毫無深究的意圖，對於這個沒頭沒腦就冒出來的問題，他只當作是小學妹偶然的文青性格發作罷了的樣子，小桐心想的是這樣也好，她要的也不過就是一種認同而已，至於認同之後的下一步，她還沒想好該怎麼做。

相約碰面，徐子尚帶她到台北市一家專做包裝設計的公司去走走，這是他以前工作中經常合作的廠商，為的是幫小桐介紹介紹。不過可惜的是，雖然在公司裡找到不少樣式新穎的包裝樣品，但再一詢價，登時讓小桐打退堂鼓。

「梳妝台造型的設計，要做喜餅的包裝，說起來也不是不行，但就像妳現在遇到的瓶頸，那面鏡子根本是紙盒所無法負荷的，主結構撐不起來，裡面的喜餅怎麼放就不用談了，而如果妳要改用支撐性更強的紙材，這價位又超過預算太高。」離開那家公司後，徐子尚沉吟著，手上拿著原子筆在桌面上敲呀敲，在一片咖啡香瀰漫中，他說：「有沒有考慮過，把整個設計都改了？」

「都改了？那我這麼長久以來的心思不全白費了？」小桐咋舌。

「如果不是好的心思，那白費了或許也不是壞事。」

他談的是包裝設計，但這句話卻讓小桐心裡一動。再次重逢至今，兩個人碰過幾次面，他怎麼都不提起當年的事呢？難道全忘光了？這不可能吧？小桐沉思著，兩個人最後一次近距離擦肩而過的那一幕，她還記得非常清楚，那是一種帶著敵意，以及疏離的眼神，銳利地劃過眼前時，也在小桐心上狠狠割了一刀，誰會忘記那種心如刀割的感覺呢？

那天之後，徐子尚就此遠離了她的生命，而又過了不久，才是楊成愷出現。

「怎麼樣，要不要考慮我的意見？」把她喚回神，徐子尚說：「如果把梳妝台的概念留著，但是整體結構上做改變，妳認為如何？」

「人要怎麼確定，身邊的那個人，一定就是會陪自己到最後的人？」她答非所問，隨手翻翻畫在筆記本上的製作草圖，若有所思地說：「要歷經什麼樣的考驗，兩個人才能確定彼此就是自己能夠廝守的人，才會挑上一盒這樣的喜餅？而那些拿到喜餅的人，心裡會想些什麼？會不會也帶著同樣的喜悅去祝福呢？只怕也未必吧？」

「妳高興的話也可以設計一款前男友或前女友專用的喜餅盒。」徐子尚攤手。

她沒把分手的事告訴任何人，一個都不說。跟徐子尚討論過後，回到幾坪大的小宿舍裡，對著滿屋子凌亂又發呆許久，依然毫無所獲。不像郁青他們是幾個人一組，點子可以大家想，她既然選擇了單打獨鬥，就得一手包辦所有工作，從理念發想，一直到最後的成品，全都無法假手他人。這種方式雖然可以對作品擁有絕對的決定權，然而代價就是她得疲於奔命，一切親力親為，不過現在可好，起碼還有徐子尚能幫忙出點意見。依據這位在「業界」闖盪過一小段時間的高人指點，梳妝台造型原來可以再做變化，徐子尚建議她，留下梳妝鏡能映出幸福喜悅的元素，但簡化成以特殊的紙類取代鏡子的做法，同時也捨棄了梳妝台的整體造型，取而代之的是具有喜氣感的紅色線條，徐子尚給的想法是新藝術風格的描繪手法，要小桐再斟酌斟酌，至於包裝盒的形式，他想了想，說可以代為聯絡聯絡，上一回在台北所物色的那家公司開價太高，而他有一個家住台中的老同學，做的也是這一行，如果有必要，也許他能空出時間，陪著去一趟台中。

「還要大改呀？很可惜耶，妳都做那麼多東西了，現在居然要整個改掉。」乍聞要做變更，郁青非常詫異，她好奇地問：「怎麼會忽然想改呢？」

「掐指一算給算來的。」小桐笑著回答。

徐子尚再次出現的事，她不說；那些意見都是徐子尚給的，她也不說。對小桐而言，郁青早已經不再是自己人了，沒必要對她透露那麼多，甚至，她連跟楊成愷分手的消息也不多講。這場拗不過郁青再三邀約的聚餐，她吃得心不在焉，滿腦子所想的，都是下週三去一趟台中，自己應該穿搭什麼衣服才好。

「對了，好久沒看到妳男朋友了，阿愷最近好嗎？他都沒放假呀？」哪壺不開提哪壺，郁青本來跟別人聊著感情生活的，忽然想到什麼似的，卻轉過頭來問她。

「對呀，連我都超久沒看到他了。」壓抑住厭煩的情緒，小桐試著平心靜氣聊幾句，但她其實一點興致也沒有，正巧服務生來送餐，她趕緊往旁讓讓，順便藉故詢問服務生餐點內容，避開了郁青的話題。

早知道就不該來的，她百無聊賴，看著班上這群同學們興高采烈地歡聚，自己卻一點也融不進去，都怪郁青，也怪自己，但是更怪徐子尚，都是他害的，下午跑去工作室，徐子尚一聽說今晚有班上同學聚會，當下極力勸說，要小桐務必參加，還說這是同儕之間很重要的感情聯繫，就算平常沒有深厚情誼，但有些必要的社交活動最好還是別排斥，而且大家畢業後，可能會在同一個產業裡面混，跟同學們保持友誼，絕對只會有好處而已。

好吧，聽他一次，但來了之後呢？她喝著冰涼的檸檬汁，好半天也沒人理會，忍不住左右張望，看著陳列在牆上一幅幅看似典雅，但其實都是廉價庸俗的仿畫，心裡卻想起那個小工作室裡的一幕。

下午她拿著剛出爐的設計原稿過去，想請徐子尚一起參詳參詳，卻撇眼見到他靠窗的牆上懸著一幅奇怪的畫作，畫的內容是兩個大小不等，但非常完整的圓型線條圈在一起，大圓包小圓，彼此並不同圓心，但在不協調中，卻又呈現出一種奇怪的合適感，外圈較細而顏色鮮艷，內圈是實心的圓，色彩則較為黯淡，對比起來非常繽紛，她看了又看，發現裡面那個實心圓當中，有一點很像書法中，用毛筆點上去的黑漬。畫的角落註記時間是一年多前，名稱取為「不完美」。

「這一點是怎樣？」她指著那點髒污，說：「這應該可以用顏料蓋過去就好了吧？」

「蓋過去之後呢？」本來正在研究那幾張設計圖的，徐子尚抬起頭來。

「蓋過去之後就完美了呀。」

「完美？」徐子尚放下圖稿，笑著說：「真正的完美並不存在呀，瑕疵的意義，就在於此。」

「這聽起來很玄，很像設計系學生在唬爛老師的時候，常用的台詞。」小桐搖頭。

徐子尚哈哈大笑，他說：「完美，完美是什麼樣子？怎樣的畫才算完美？怎樣的人生才算完美？完美是絕對的還是相對的？有沒有人能給完美下一個最好的定義或註解？」一連幾個問題，讓小桐不知如何回答才好，徐子尚指著那個小黑點，說：「我們可能花了一輩子在追求完美，卻從來也不曉得，如果沒有這一點缺陷、汙點，或者瑕疵的存在，其實完美一點意義也沒有，妳說對不對？」

「這麼說來，原來不完美比完美更可貴囉？那什麼是可貴的不完美？」小桐不以為然地一笑。

「當然，」徐子尚指指自己，又指指小桐，說：「好比我，也好比妳。」

這世界上真的有所謂的完美嗎？當回神到餐廳裡，看著這兒歡樂的眾生時，小桐心裡一片茫然。郁青剛結束一個話題，轉過頭又問她，說聚餐結束後，一群人還要去唱歌，問她去不去。

婉言推辭了，她藉口還有畢製的事要忙，這夜正繁美，走出餐廳時，她吐出一口長氣，為這一整晚的無聊終於解脫而稍稍放鬆，紛亂的台北街頭，沒有人注意到她獨自站在人行道上，小桐只想回家，繼續試穿衣服，找出最理想的搭配方式，她想到下午離開工作室時，徐子尚還對她說的一句話：「我們每個人都有不為人知的缺陷，要好好感謝那些缺陷，才讓我們有追求完美的動力。」

我願意折了羽翼，放棄一切，就算從此粉身碎骨，沉淪在深不見底的地獄也在所不惜，當所有的不完美都徹底時，或許，那就是我對你的感覺最完美的瞬間。小桐心想著。

當所有的不完美都徹底時，唯一還存在的愛就是完美了。

她原本挑選的是一件鵝黃色的連身裙，這個顏色搭配她不喜歡曬太陽的白皙皮膚剛好，然而選定衣服後，在門口的鞋櫃上看了看，又覺得沒有可以搭配的款式，最後她走回衣櫃前，在一番天人交戰後，改挑了一件頗有成熟氣息的寶藍色洋裝，這件洋裝是她前幾天跟郁青他們聚會結束後，在東區的路邊攤買的，雖然只是便宜貨，但質感、剪裁都不錯，幾百元的衣服，在她身上能穿出幾千元的價值。

徐子尚絕口不提當年的事，這樣也好，她可以省下很多必須交代的情節，連不久前才分手的一段感情也可以不用講。但說也奇怪，照著鏡子時，小桐很努力看看自己的臉，看看自己的眼神，為什麼在這張臉上完全看不出失戀人的悲傷呢？是不是因為她是拋棄別人的那一個，所以才不感覺到痛？她搖搖頭，不是這樣的，她還記得那天晚上在路邊忍不住痛哭失聲的感覺，但那並不是因為失去一段愛情，那是為了愧疚與虧欠，而哭過之後，她之所以能夠很快地又站起來，繼續過她的生活，主要應該有兩個原因，其一，是因為她知道自己本來就不怎麼愛楊成愷，打從跟他在一起至今，她從來沒有認真付出過什麼，既然如此，當然也就沒有什麼失去的痛苦，她僅僅是因為自己傷害了對方而感到難過，但沒辦法，小桐知道自己必須那麼殘忍，否則未來只會讓對方更加痛苦；而第二個更重要的原因，是因為徐子尚。

終於選好衣服，也在鏡子前稍微比畫了一下頭髮的整理方式，這邊摸摸，那邊瞧瞧，同時，她在心裡對這時應該已經收假又回營的楊成愷，在心裡說了句對不起。他是無辜的，他的存在，從頭到尾都只是為了成全小桐自己的不完美。

長長嘆了一口氣，就像是在對楊成愷的問題下個句點，小桐知道自己正思念著徐子尚，但徐子尚呢？很想撥個電話過去，問他一句「想我嗎」，然而她沒這麼做，有些話可能還不急著說，得再等等。她向來是個很有耐性的人，尤其這兩三年跟班上同學們漸行漸遠，更歷練了她獨處的耐心，所以這通電話且不急著打，她不做亂槍打鳥的事，也不想給人疲勞轟炸的感覺，平常的晚上，她可能會在線上遇到徐子尚，有時會聊個幾句，但今晚她決定晾著他，讓他偶爾體驗一下沒有人找的感覺。

把一雙綴飾著許多塑膠寶石的涼鞋擦拭乾淨，夜已經深了，晚上都快十二點，是她該上床睡覺的時間，然而燈都還沒熄，牙也還沒刷，電話忽然響起，徐子尚開口就問她想不想吃消夜。

你開始不習慣沒有我出現的夜晚了嗎？心裡這麼想著，她臉上有得意的微笑。在約定的時間下樓，附近就有通宵營業的永和豆漿，徐子尚騎機車過來的距離不算太遠，只是小桐看見他時有點詫異，都這麼晚了，徐子尚像是忙了一天都沒洗澡似的，衣服沾了不少灰塵，神容看起來也有些憔悴。

「你還好吧？」一個是為了身材而不敢多吃的人，另一個則是滿臉疲憊，豆漿店隔壁的超商裡所賣的啤酒喝得比豆漿還多的人，一起走出人行道，站在偶爾還有車輛經過的大馬路邊。

「晚上蓉妮過來，心情不太好，發了點脾氣。」徐子尚說他原本規畫也裝潢好的工作室被女朋友嫌得一文不值，同時她又對牆上的兩幅畫頗有微詞，還說那樣的東西簡直不倫不類，怎麼能當作是牆上的裝飾。

「她知道那是我畫的嗎？」心中一驚，小桐趕緊問。

「怎麼可能，我沒告訴她。」徐子尚搖頭。她稍微鬆口氣，聽著徐子尚又說：「其實我根本沒想過她會來，最近為了我的工作問題，我們連講電話都會吵，更何況見面。」

「那她來做什麼？」小桐努力讓自己維持語氣鎮定，故作平常地問。

「其實也沒做什麼，只是下了班過來看看，順便帶晚餐來給我而已。」徐子尚無奈地搖頭，為了女朋友的那一番棄嫌，他只好從房間裡找出幾幅以前買來收藏的手染布，費事地懸掛上牆，暫時把壁畫給蓋住，又在女朋友的指示下，重新安排了一些書櫃的擺設位置，所以才累到現在。

「那你明天可以吧？」有些擔心，小桐問。

「應該沒問題的。」徐子尚說。

那是一種極其忐忑的心情，她沒想到蓉妮這麼快就踏進徐子尚的工作室，也不曉得這會不會對自己之後的計畫產生影響，這對提不起熱情卻又分不開的戀人哪，你們到底是什麼樣的關係呢？彼此間還剩下什麼牽絆呢？她很想對蓉妮說，如果妳存在的型態只剩下尸位素餐四個字能做註解，那可不可以麻煩一下，乾脆早點退席，好讓別人順利遞補呢？別這麼死要面子地霸佔著不放好嗎？不過這當然只能想想，可千萬說不出口。小桐沒有認真探詢過他們之間的問題，但時間久了，光是旁敲側擊，她也能夠知道一點，本來還以為心高氣傲的蓉妮應該會跟徐子尚冷戰好一段時間的，殊不知才沒多久，她居然又出現了。

沒有任何朋友可以商量，即便有，像這樣的心事，她也根本說不出口，星期三中午的火車，她起得很早，又一次試穿過衣服，也認真梳妝打扮，黏上了假睫毛，畫好了眼影，但起身離座時，心裡還頗有點不踏實，這是一個約好的日子，是她期盼已久的日子，台中當然不只印刷廠可以去一趟，她更希望能跟徐子尚四處走走，多培養一點感情，多累積一點回憶。

早上十點多，打通電話過去，徐子尚還賴在被窩裡，把他叫醒後，小桐再做一次最後確認，衣服、妝容都可以，然後她打開紙袋，將一些畢業製作的相關稿件塞進去，這個紙袋也是精心挑選過的，她不能允許在這麼重要的日子裡出現半點差錯，這可是她認識徐子尚好幾年來，第一次跟他出門，而且不是吃個飯而已，他們要離開台北。

先搭一趟公車到捷運站，小心翼翼的，就怕被人碰壞了紙袋，也怕被人踩到鞋子，好不容易到了捷運站，在車廂裡，儘管有座位，她也寧可選擇站著，就怕坐在硬質的塑膠椅上會把裙子弄皺。她臂彎環著車廂裡的金屬扶柱，騰出手來，打開包包，確認火車票沒問題，那是她昨晚就收好的，兩張莒光號坐票。本來徐子尚提議搭高鐵，但小桐不肯，嘴上的理由是省錢，其實內心盤算的是盡可能拉長兩個人獨處的時間，莒光號她都嫌太快了點，確認過車票，再拿出手機看看，接近中午，徐子尚這時間應該要出門了才對，撥了兩通電話，可很奇怪地卻沒人接，猜測他可能正在騎機車。

這樣做真的好嗎？看著自己的臉倒映在捷運車廂的玻璃上，這念頭忽然轉過一瞬，但隨即被她驅逐出去。沒有什麼好或不好的，愛情就是這麼簡單的一件事而已，她還記得徐子尚說過的，兩個人不管最後是否還在一起，只要還能記得自己曾經被愛過，那就是一種圓滿。不對，她打從心底不這麼認同，她要的，就是一種隱藏在心裡好幾年，時而蠢動的一種情愫，在最近死灰復燃後，狠狠地、旺盛地燒過一回，她想要一點一點地、慢慢地跟徐子尚一起走進彼此的世界裡，也許他們哪天忽然就分手了，那麼，自己就可以順理成章地接手，這當然是一個最理想的盤算，就像捷運一站站停，乘客們進進出出，有些站立的人很聰明地會在走道上默默觀察，挑選最有可能空出來的位置前等候，只要座位上的人一起身，他們就趕緊坐下，是了，就是這樣。她一邊想著，但一邊也又想，萬一捷運上這些人都不下車，非要坐到終點站不可呢？她總不能坐等徐子尚跟蓉妮分手，讓自己在角落裡無奈枯老吧？而且，自己還能忍多久？還能這麼默默地守候多久？

捷運抵達台北車站，她快步踏出月台，穿過潮水般湧來的人群，來到電扶梯前，在那裡，她又打了一次電話，這回接通了，鈴響幾聲後，徐子尚忽然把它按掉。心中有些納悶，小桐於是又撥了一通，卻一樣又被掛斷。

她有一種很不好的預感，是不是昨晚蓉妮出現後，對徐子尚造成了什麼影響？走到台鐵的剪票口，她決定先不進去，就在這兒等待片刻，也許徐子尚會解決手邊的麻煩，盡快趕來會合。

只是小桐沒想到，這一等就等了快二十分鐘，眼看火車時刻將屆，她心裡愈顯惶急，正在猶豫著是不是要再撥電話過去時，手機終於發出震動聲，那是一封很簡短的訊息，徐子尚說：「對不起，蓉妮今天居然請了假，要我陪她去辦點事。車票妳買好了嗎？如果還沒，那我們改約別天好嗎？真的很抱歉。」

訊息不過寥寥幾十個字，卻讓她在剪票口凝望了很久，穿著寶藍色的洋裝，腳下踩著裝飾華麗的涼鞋，梳了整齊好看的髮型，渾身散發出一股成熟優雅氣息的女孩，她在那兒佇立了好久，最後吸引站務人員過來關切的，是她兩滴不知不覺間落下的眼淚。

我忽然明白的是，原來排隊並不能等到幸福。

我在一折記憶的扉頁中發現的，是總深藏夢中而從不變的夢，
那是誰也攔不住的，是年月飄移、是一葉丁零、是有些浮雲聚散，
還有我在夢中從不醒來的夢。
就像老早註定於命運中的觸碰，明知脆弱得經不起絲微的風，
卻偏教人在渴望中又探出手。

夢裡的溫度，是你的溫度。

我在夢境中超脫了是非的界線，

只貪戀著你餵入我心頭的一絲氣息。

我可以不是你的唯一，

只希望你不是在陪著我的時候，想著她。

有一種搬磚頭砸了自己腳的感覺，當徐子尚耗費一整晚時間，終於承認自己被一組蓮蓬頭給打敗時，他渾身濕答答地坐在浴室地板上，再也不管傾洩而出的冷水會不會濺濕衣服，他已經放棄了，反正現在全身上下老早也找不到一塊乾的地方，直接坐在水窪裡，他想點一根香菸，卻發現整包菸拿起來，紙盒都還滴著水。

小套房改裝成的工作室當然也附帶衛浴設備，問題就出在那組老舊失靈的蓮蓬頭，老是滴滴答答地漏水，一滴一滴往瓷磚地板上打，儘管水費包含在房租裡，可以不擔心錢的問題，但那一聲一聲跟老爺鐘也沒差別的噪音，卻讓他一整晚工作很不順心。

自己也知道，一張圖畫不畫得好，跟拴不緊的蓮蓬頭並無直接干礙，自從工作室開張以來，他沒有一次畫圖不開電腦音樂相伴，音樂聲稍大一些，就能掩蓋滴水聲。那今天怎麼對那聲音特別敏感，以至於三番兩次打斷思緒呢？他其實很清楚，滴水聲只是自己無端責怪的小事，一直難以專心，以至於一張圖畫得極不如意，還是因為蓉妮的緣故。

今天傍晚，台北市莫名其妙地下了一場大雨，雷電交加時，他剛好接到蓉妮的電話，公司的設計部有些狀況，原本幾組應該很快就能完稿的圖樣，要嘛耽擱了時限，再不就是潦草交差，紛紛讓蓉妮給打了回票，為此，她氣得把新任的設計部主管叫過來臭罵一頓，沒想到那些她口中的爛草莓居然發起狠來，一下午就有兩個人告假，另一個則索性戴上口罩，一副自絕於世界的隔離模樣，而那個新上任才不到兩個月的主管最誇張，她把桌上的個人物品收拾收拾，還不到中午呢，連辭呈也不遞，看樣子是這個月的薪水也不要了，居然推開大門，直接走人。

「真不曉得這社會到底生了什麼病，為什麼新人的抗壓性都這麼低？」抱怨了好久以後，蓉妮在電話中透出無奈，這才問徐子尚，能不能幫幫忙，那幾組趕著要，卻端不上檯面的設計圖，要請他幫忙修一下，一來既能救火，二來也樹立風格樣板，可以給設計部參考著做。

徐子尚按耐著性子聽她長篇大論地抱怨時，心裡其實暗笑，他很想告訴蓉妮，那些新人不是抗壓性太低，而是妳這個飛揚跋扈、趾高氣昂的品牌部主管，氣焰實在太難讓人忍受，就算部門屬於公司核心，但術業有專攻，妳不能體諒設計部人員絞盡腦汁畫圖的辛苦，至少也別挑三揀四，甚至還落井下石，他有一句很想對蓉妮說的話，卻不好意思說出口：「恭喜妳又逼走了一個設計部主管。」

「怎麼樣，到底能不能幫忙？」蓉妮在電話裡又問，語氣已經放軟。

「妳都開口了，我還能拒絕嗎？」徐子尚苦笑，這個品牌部經理的面子好大又好重，一壓下來，第一個要壓死的就是經理的男朋友，他說：「把檔案傳過來吧！」

而那幾張設計圖在徐子尚的眼裡都不值一哂，甚至連看都看不上眼，但他沒有質疑那幾個跟他共事過好長一段時間的設計部人員是否退化，反而可以料想得到，當他們在公司裡被迫畫出這些圖樣時，內心一定萬分沉痛，之前自己還在那兒上班，蓉妮對設計稿件有什麼不合理的要求時，還能由他擋著，現在自己拍拍屁股走了，底下人沒了遮風避雨的緩衝，新上任主管又如此短命，他們一定叫苦連天，被蓉妮打壓得喘不過氣來，幾張明明可以發揮創意的設計圖，也被改得體無完膚。

嘆口氣，他只好暫停原本手邊的工作，將那些圖樣一一都做修改，然後回傳，但這一來可就把麻煩往自己身上攬，蓉妮不去找設計部的碴，卻反而兩通三通電話不斷打來，儼然他徐子尚又回到設計部上班似的，被這個超級大主管給盯上，一會兒是顏色不對，一會兒是調性偏離，最鳥的狀況，是蓉妮說文案有問題，氣得徐子尚在電話裡大罵：「文案是你們品牌部寫的，我只是複製貼上而已，關我什麼屁事啊！」

差不多就是掛了蓉妮電話之後，他才意識到蓮蓬頭老是滴滴答答的。沒心情做事了，徐子尚從桌子最底下的抽屜裡取出小工具箱，異想天開地打算自己進行修繕，沒想到從下午忙到晚上，結果愈弄愈糟，自來水總開關沒旋上前就拆掉了蓮蓬頭，下場就是猛烈水柱直噴出來，不但濺得他滿身，更慘的是東西裝不回去，只能坐看水柱不斷湧出，若不是急忙關住了廁所的門，又跑上頂樓去關掉水源開關，只怕整個工作室都會淹成水鄉澤國。

他連晚餐都沒吃，只能坐困愁城，心裡始終忐忑不安，這一層公寓被隔成四個房間，自己的住處與工作室已經占去一半，另外兩間各有房客，要是他們回來了，發現水龍頭裡沒水，那可怎麼辦才好？想到這裡，他覺得這也不是辦法，當下只好走回浴室，把那組已經不堪用的蓮蓬頭給裝回去，跟著又上樓去打開總開關，但當他走回來時，只見蓮蓬頭已經從原本拴不緊的滴滴答答，變成了非常浪費水的嘩啦嘩啦。

「幹。」他站在廁所門口，除了髒話，已經沒半句好說。

是不是因為愛，我們才以為自己能予取予求？

夜都深了，他很想對故障的蓮蓬頭聽而不聞，也想假裝這一切都沒發生過，但那流水聲一點也不愜意浪漫，每一點聲響都像在提醒他，這世界上有很多地方、很多國家，許多人因為缺乏乾淨的水資源而患病，甚至死去，而他這樣浪費，究竟何以安心？打了幾通電話給房東，房東每次都直接掛斷，最後回傳一封訊息，原來人在國外，所以不方便接聽。

徐子尚瞠目結舌，又不想自己掏錢找水電行，況且都這麼晚了，哪還有師傅肯來修？他終於還是關了電腦，放棄工作，拎起滿地凌亂的工具又走進去，只是拚搏了大半天，水勢儘管稍微小了點，但那一股涓涓細流卻始終無法杜絕。無奈中，他拿出手機，撥給了蓉妮，問她是否方便，到那種通宵營業的五金大賣場，幫忙買幾捲隔水膠布。

「我怎麼可能知道隔水膠布長什麼樣？而且現在都幾點了，你還要我去跑腿？」蓉妮大概還在為下午的事情生氣，她說：「老娘明天還要跟那群死皮賴臉的設計大戰幾百回合，你就不能讓我好好睡一覺嗎？」

「他們已經盡力了。」忍不住，徐子尚說。

「一天到晚坐在電腦前面吃餅乾、喝飲料，那樣也算盡力了嗎？」電話中，蓉妮冷笑：「真不知道他們以前跟的都是些什麼樣的主管，怎麼把屬下帶成這副德性！」

罷了罷了，徐子尚知道再講下去也是吵架，蓉妮會這樣語帶譏刺，原因說穿了也是希望男朋友可以回來上班，幫她分憂解勞而已。徐子尚不想爭吵，只是他還來不及說再見，蓉妮居然就先掛了電話。

那當下他有些錯愕，但隨即而來的是更多的懊惱。無奈地望著那一地的水，他宣告投降，就當一晚上浪費資源的罪人吧！嘆氣，走出浴室，正想逃離這片狼藉，然而擱在洗臉台邊，忘記帶出來的手機忽然又響，只是拿起來一看，不是回心轉意要幫忙的蓉妮，卻是好幾天沒消息的小桐，沒提到那天臨時取消的約究竟如何，她語氣開心地說：「我花了好多天，終於找到一種反光紙了，可以代替鏡子，用在我的畢業製作上。你最近有空嗎？我拿過去給你看看，好不好？」

「好呀，如果我沒被淹死，或者插頭漏電而把我電死的話。」已經覺得了無生趣的徐子尚自暴自棄地說。

「啊？」

「或者，妳找時間帶著反光紙，還有一捲隔水膠布過來，如果我還倖存，就可以在修好蓮蓬頭之後，跟妳一起研究研究。」他黯然地說。

幾天前，因為蓉妮的緣故，他臨時爽約，這件事還欠人家一個道歉，連好好賠罪解釋的機會都沒有，一直抽不出空來約小桐碰面，徐子尚始終惦記在心，沒想到自己都還沒主動邀約，她卻先打電話來。

該怎麼道歉呢？徐子尚的思緒有些紊亂，他知道自己跟小桐之間雖然距離很近，但隱隱約約的，彼此間卻有一條難以跨越的線，那條線已經存在很久了，從幾年前，自己大學快要畢業前，因為那件事的緣故，於是就出現了一條線。

他其實是答應過蓉妮，也答應過自己，絕對不要再輕易觸碰到這條線的，碰都不能碰，更遑論跨越。所以他小心翼翼，盡量閃避，閃了好幾年了，原以為這輩子再不會遇見她，只是人算不如天算，現在不但兩個人又有了聯絡，小桐還來過這裡好幾次，而這後來的交集，在看似平常的友誼中，一直潛藏著某種誰也不能宣之以口的情愫，他自己心知肚明，誰不是在心裡偷偷地品嚐著那份暗地裡私藏的曖昧感覺，才一直似有若無的，總要去探探那條線的邊界？

但儘管如此，那條線會失守嗎？應該不會吧？如果自己始終堅定立場，保持在學長與學妹，或者單純的朋友關係裡，那麼，也許就不會再給生活造成什麼麻煩了。他知道自己跟蓉妮之間的感情老是維持在要熱不熱，要冷不冷的平淡之中，這種感情最怕考驗，稍有不慎，可能隨時就會玩完，所以對任何外來的挑戰，都應該竭力避免才對。既然如此，那還要道歉嗎？幾天沒聯絡，連在線上也完全沒有對談，彼此好像就這麼疏遠了些，要是再有了接觸，自己是不是又得陷入這樣的矛盾中？老是帶著防衛的心理是很難過日子的，而最荒謬的是，他防衛的不是別人，居然是自己，這到底是什麼屁情況？徐子尚眼看著一屋子的烏煙瘴氣，滿腦子不斷胡思亂想，卻沒有任何結論，掛上電話已經又好久了，他把工作室裡的燈都關了，關燈前，他長長嘆了口氣，才從口袋裡摸出鑰匙，打算鎖上門之際，公寓的門鈴忽然響起，他愣了一下，拿起對講機時，聽到小桐的聲音。

「妳怎麼跑來了？」

「噢，還趕得及，那看來救護車不必叫了。」小桐開心地說。

「什麼救護車？」徐子尚還一頭霧水。

「快開門，我帶來一個好東西。」

「好東西？」納悶中，徐子尚還是按下了一樓的大門開關掣。

過了幾分鐘，腳步聲響起，小桐快步爬上樓梯，她臉上看不出有前幾天被放鴿子的生氣或沮喪，依舊是滿臉笑容，左手拎著一袋永和豆漿的蛋餅跟飯糰，右手輕拋，正是一捲徐子尚最需要的隔水膠布。

「妳去哪裡買的？」徐子尚大喜過望。

「何必買？設計系那麼多吃飽撐著沒事幹的老師，最喜歡叫大家用各種奇怪的素材做作業，別說是這種白色的隔水膠布了，我抽屜打開，至少十七八種不同顏色、不同材質的膠帶，你下次缺什麼，儘管跟我借就有。」

徐子尚咋舌不已，鑰匙都還沒把門鎖轉開呢，小桐又笑著說：「誰會知道，改變你的未來，讓你一生從此改觀，甚至起死回生的，並不是什麼了不起的東西，卻只是一捲用剩的隔水膠布呢？」

如果可以，我想用一捲膠帶，纏封住兩個人的未來。

對一個具有水電施工專業技能的人而言，這可能是三兩下就能擺平的小事，但對徐子尚來說，光靠一捲隔水膠布就想處理好問題，顯然他是高估了自己的能耐，工具擺了滿地，從扳手、鉗子到膠布，幾乎一應俱全，然而他還是費了偌大工夫才解決漏水問題，而且膠布纏得亂七八糟，看得出來施工毫無章法，十足十是外行人所為。

「就這樣？」小桐在一旁看了很久，忍不住問：「徐先生，您的美學素養呢？都沖進馬桶裡去了嗎？」

「有本事妳來試試看？」瞄她一眼，徐子尚沒好氣地說，而這句話才剛說完，他肚子因為飢餓而跟著發出又長又響亮的咕嚕聲。

「我現在相信河豚老師說過的一句話了，」小桐嘆氣，「『別苛求一個肚子餓的藝術家』，這句話果然有道理。」

叫徐子尚去沖個澡，把又髒又臭的一身衣服都換了，在他洗澡時，小桐又走下樓，去附近的超商買了幾瓶啤酒。附庸風雅，徐子尚自豪地說什麼做完勞動的粗活後，最棒的就是喝上幾瓶啤酒，小桐儘管嗤之以鼻，但她還是笑著去幫忙跑腿。

在老舊公寓的頂樓，這兒看不見星空，也沒有璀璨的夜景，只有滿地凌亂的雜物，跟放眼所及那一整片住宅區的無聊夜色，徐子尚挑個乾淨的角落，跟小桐坐在一起，他狼吞虎嚥地吃完蛋餅，跟著喝了兩瓶啤酒，一邊喝著，忍不住側眼瞧瞧身邊正在喝果汁的女孩，她臉蛋的弧線很漂亮，長長的睫毛顫動，鼻子也挺得恰到好處，美中不足的地方，就是垂下來的頭髮，稍微遮住了這片好看的風景。

「看什麼看？看不用錢的嗎？」一句話就打破這片刻間的美好，小桐瞪了他一眼。

「要錢嗎？」

「看電影不用錢嗎？看小說不用錢嗎？看電視節目不用錢嗎？如果看那些都要錢，那憑什麼看美女就可以免費？」小桐啐了一口。

「妳知道我現在心裡在想什麼嗎？」沒跟她抬槓，徐子尚一副頗有感觸的口吻，說：「我只覺得很荒謬，沒想到今天會是妳陪我坐在這裡，更沒想到，妳坐在這裡的原因，居然是為了一捲隔水膠布。」

「宇宙可能隨時停止運轉，地球可能卡住不動，火山也許隨時會爆發，地震搞不好下一秒就來襲，然後一陣超級大海嘯，整個台北就回到幾千萬年前的模樣，變成一個大湖泊，你說，這些會不會很荒謬？」

「那是大自然的事，我管不著。」徐子尚搖頭說，「讓我感到荒謬的，是人跟人之間的事。」

小桐笑了一聲，那一聲裡包含著無數的心情，她想起幾年前的事，更想起了前幾天在台北車站剪票口前流下眼淚的心情，笑聲剛過，她說：「覺得後悔嗎？後悔叫我拿膠布來了嗎？如果後悔了，講出來沒關係，我喝完果汁就坐計程車回家也可以。」

問這話時，她專注地看著徐子尚，想從他臉上瞧出一些端倪，膠布只是個小東西，但在那一捲膠布之後，卻藏著漫長時間裡，無數複雜的心緒。

「我是一個平凡人，做每件事情之前，都努力說服自己，要努力往前看，為了自己的人生，負責任地活著，一個勇於向前的人是絕對不能活在後悔的心情裡的，但是，非常無奈的，正因為我的平凡，所以儘管我三天兩頭這麼勸自己，卻還是經常被後悔的心情所困擾。」

「放心，我是說真的，喝完果汁，我就會回去了。」

「妳只是人回去了，但我的後悔沒有結束呀！」徐子尚扯開拉環，一罐啤酒喝完，新的一罐立刻又喝了幾口。

「那你可以說說看，或許我可以給你一些建議。」小桐臉上帶著微笑，問他：「你後悔些什麼？」

有些事不該說，有些事不該做，有些界線是怎樣也不能跨過去的，徐子尚還沒被酒精沖昏頭，他長長嘆了一口氣，這點理智雖然還在，但不曉得為什麼，卻聽到自己說了一句：「我後悔自己以前那樣對妳。」

那是一陣很長久的靜默，彼此靠得很近，除了遠遠處傳來的城市聲喧，以及偶爾經過的救護車或消防車之外，小桐覺得彷彿聽到了徐子尚的呼吸聲，也聽到了自己激動的心跳。

「那天，我一個人站在火車站，哭了很久。」她不知道這話是在對徐子尚說，或者只是自言自語，「我一直在想，你為什麼不來？是不是因為她？她知道我跟你又有聯絡了嗎？也許她知道了，發了脾氣，所以不希望你來，也不讓你打電話，所以才只能用一封簡訊來解釋。可是，我也在想，又或許並不是因為她吧，可能是你自己做的決定，有些已經過去很久的事，註定了只能留在回憶裡，不該讓現在跟以前再混成一塊，你的事業才剛剛開始，感情生活也算穩定，實在沒有必要再為了一個曾經造成你困擾的人費心，所以索性乾脆一點，快刀斬亂麻，直接放我鴿子，從此塵又歸塵，土又歸土，大家各過各的，也各走各的就好。我想了很久，始終沒辦法想清楚，到底是不是因為這樣。

「然後我又在想，自己是不是做錯了些什麼，否則，何以你要這樣對我？不管是以前或現在，我真的從來沒有搞懂過，錯了嗎？對一個人有好感，難道是錯的？喜歡一個人，難道也是不對的？我承認自己有私心，但至少我沒做出什麼舉動吧？平白無故的，就要被全世界排擠，就要被打進永不超生的地獄裡，我到底招誰惹誰了呢？

「所以我也後悔過，也許，打從當初，我就不該跟你走得太近，或者，幾個月前，在學校又遇到你，我根本就不應該再感到高興，更不該拿自己在畢業製作上所遇到的問題來問你，有些餘燼並不是真正熄滅，怕的就是那麼一陣無心吹過來的風，可問題是，就算這堆火又燒起來了，那又如何？你會愛我嗎？而我能跟你要求任何承諾嗎？你的世界並不因我而轉動，你的承諾當然也不會為了我而許下，這樣的感情所帶來的，肯定不會有任何好處，反而只會製造彼此無數的困擾跟麻煩，對不對？既然如此，那我還癡心妄想些什麼？所以我有絕對的理由相信，周芯桐是天底下最大的大白癡，只有我一邊抱著想像在過日子，又天真得以為那些想像終有一天都會實現，期待所有虛妄的、天馬行空的，還有一廂情願的，到最後都會變成真真實實的，就跟以前一樣，只是自己在騙自己。

「這種只會自欺欺人的傢伙很蠢，對吧？我有時候冷靜一點想，都覺得會懷抱這種念頭的女人簡直跟花癡沒有分別，我也想過要保持距離，唯有畫清界線、一刀兩斷，才是對誰都最好的辦法，真的，我考慮過，要把所有能跟你聯絡的管道通通刪除，甚至，今天晚上出門前，我都質疑過自己，是不是懷抱著什麼樣的目的？我該不該來？來了以後，會不會感到後悔？如果有機會，能再為自己那份死灰復燃的感覺做點什麼，我又該怎麼做？我的理智一方面告訴自己，想這些都是多餘的，都是不對的，但偏偏我就拿著膠布出門了，我就來到你家樓下了，而現在，我就坐在這裡了。」

「坐在這裡，然後呢？妳後悔了嗎？還是妳想到自己能做什麼了？我們每個人都一樣啦，妳以為自己應該放手一搏，是嗎？但他媽的誰知道，到底豁出去之後，又能換得什麼回來？搞不好都粉身碎骨了，人家還把我們當成笑話，妳說是不是？」徐子尚苦笑著，又說：「我不是要潑妳冷水，但妳懂嗎？追求一段感情，就跟開創一番事業一樣，除了承擔別人的目光之外，妳還要考慮到的是自己的決心跟勇氣，那不是嘴上說說而已，打嘴砲誰不會？但除了耍耍嘴皮子之外，我們還能怎麼樣？妳瞧，咱們兩個還不是只能窩在這裡？可悲也很可笑哪，這世界是一張密不透風、畫滿了瑰麗顏色卻飽含血腥與痛苦的網，而我們活在網子裡，只有拚命想逃的欲望，卻誰也沒有真正做到的能耐，我看我是老早該死心了，妳呢？妳難道還沒從以前的夢裡醒過來嗎？」已經喝完最後一罐啤酒，開始微醺，他一把捏扁了鋁罐，另一手則掏出香菸，準備點上；而小桐沒幫著拿起擱在旁邊的打火機，反而伸手取走他嘴上的菸，靠了過去，在徐子尚的嘴上深深地吻著。

我寧可在一個真實的吻後死去，也不願虛度生命在永難實現的承諾中。

不知怎地，這本來應該是一件值得高興的事，她卻殊無歡愉之意，儘管那個溫熱的吻是如此讓她難忘，也儘管她終於得償好幾年來的宿願，但這就是全部了嗎？才不，她知道自己之所以並不開心，是因為這個吻只是一切的開始，未來還有漫長的路要走，會有更多的苦難在前頭等待著，她得到的從來也不是成熟圓滿的果實，反而比較像是自己無意間開啟了一道充滿焚身之火的地獄門。

而這樣值得嗎？卡在這畢業製作正緊鑼密鼓的當下，節外生枝地岔出這條劇情線來，要不要照著走？她問自己。那答案是肯定的，別說只是畢業製作了，就算是天要塌下來，在世界毀滅的前一刻鐘，她都決定要愛，反正門都推開了，哪有不踏進去的道理，不是嗎？小桐畫完了設計初稿，卻絲毫沒有鬆了口氣的愉悅感，獨自坐在書桌前，微微燈光下，看著那一筆一筆的線段，腦海中卻飄掠著與作品毫無關聯的思緒，她只知道自己似乎回不了頭了，一切的躊躇與猶豫，都隨著那個吻而結束了，現在，她要面對的已經不再是愛情該不該表白的問題。

但如果不想那些，自己又能想點什麼？想想這樣做的對或錯嗎？下意識地轉動著筆，也無意義地翻著桌上那幾張設計稿，她完全沒半點繼續修稿的心思，卻覺得自己好像失去了實體，只剩一縷飄蕩在空氣中的幽魂，一縷幽魂是沒有任何重量的，只能隨風飄動，而徐子尚就是那陣風，風怎麼吹，魂魄就只好跟著往哪裡飛，這沒有對或錯的問題，而即便有，也不是自己能控制的，想到這裡，小桐嘆了一口氣。

「這個點子比之前的好多了，把太過具象的元素都抽掉，別再一五一十地做出個迷你梳妝台來，只留下這種線條勾勒的方式，再配上比較簡約穩重的顏色，搭配這個反光紙……整體來說，這確實是個不錯的辦法。」河豚老師仔細端詳了一下，指點出幾個本來就因時間倉促而來不及細細處理的小問題，小桐也逐一筆記下來。

「這點子真的挺好，妳怎麼忽然就開竅了？」又打量了作品一下，河豚老師抬頭問。

「其實這是徐子尚給的建議。」有點尷尬，她笑著說。

「難怪，」河豚點點頭，他摘下了老花眼鏡，抓抓下巴，說：「妳這麼一說，我就想起來了，線條、意境、顏色，這是以前他畢業製作的三個優點。有時候具體地描繪出本質性太高的東西，未必是一件好事，能夠萃取其中的元素，把那個隱藏在物件中的精神或韻味抓出來，好好地表達，這樣就好了，而這個他以前是挺擅長的。」

「老師，你對他的評價很高嗎？」她忍不住問。

「還不錯呀，徐子尚好歹算是個人才，妳看他給的這些建議，不全都是針對原本設計上的缺點去改進的嗎？而且事實也證明，這比妳原先的作品要好得多。」

「但是他開一家工作室，卻做到快餓死耶？」她笑了。

「會設計不表示會做生意，會吃飯也不表示會生活嘛。」然後河豚就笑了。

在這件事情上，她倒是挺得意的，絲毫沒有因為這個重要的創作，在核心的創意上卻來自於他人而感到半點懊惱或沮喪，反而因為那點子是徐子尚所提供，自己又能完整付諸實現而開心。

跟老師討論完畢，帶著一堆東西離開學校，才剛過中午不久，她先到便利商店去領取在網路上預先訂好的火車票，又到學校附近的超市買了點乾糧跟飲料，大包小包的，這才搭上捷運，往徐子尚的工作室前去。那兩張車票是為了後天要去一趟之前沒去成的台中，而乾糧、飲料則是怕徐子尚畫起圖來沒日沒夜，會真的餓死在工作室裡。

列車搖搖晃晃，她坐在靠近門邊的位置上，看著許多人上上下下，心裡忽然覺得有趣起來，以前也不是沒有這樣觀察過路人，或者竊聽別人的對話，但今天她卻感到特別不同，那些不斷來去的旅人，有男女老少，各形各色，他們大多面無表情，這些人都從哪裡來，要往哪裡去呢？他們在捷運列車上，眼睛要往哪裡擺？是抬頭看無聊的車廂廣告，還是從人群縫隙中看看自己在車窗玻璃上倒映的臉孔？那心裡呢？心裡想什麼？是猜測下一個起身離座，把位置空出來的點在哪裡，或是看看行駛到哪個站了，在估量自己還得站多久？有沒有人跟自己一樣，巴不得車子早點到站，好快一步下車，趕著去見自己所想念的人？說想念似乎太誇張了點，前天晚上不才剛見過、剛吻過？不，非但不誇張，甚至這兩個字還不足以囊括自己心中所有的感覺才對吧？她何只想念而已，簡直想把徐子尚帶在自己身邊，整天跟他黏在一起了，這種感覺該如何形容呢？昨晚，她躺在床上翻來覆去，最後找到了一句形容詞，那感覺就像是行走在覷黑幽暗的峽谷中，猛一抬頭望見岩縫間有光迸入，從此再捨不得低頭，只能不斷仰望渴盼，大概就是這麼回事。

今天的太陽有點大，加上為了怕黑而套著的小外套，提了些東西，還得騰出手來撐著小洋傘，差點讓她累暈在路邊。走到徐子尚住的地方，這兒是一整排老舊的公寓，既沒電梯也沒管理員，紅漆斑駁的鐵門緊閉，一旁掛了大約七八個信箱，每個都被塞滿廣告傳單。小桐按了幾下電鈴，但奇怪的是對講機沒人應答。納悶著，她拿出手機撥打，徐子尚又隔了好久才接，原來他人在外面買便當。

「等你想到午餐這兩個字，都已經下午兩點半了。」小桐說。

「下午不打烊的自助餐店就是為了我們這種人而設的，妳難道不知道嗎？」從電話裡聽來，徐子尚似乎心情不錯，他說早上的進度很快，今天應該可以做完相當的分量。

這條街上有好幾家餐飲店，從蚵仔麵線、肉圓到快炒都有，當然自助餐就更不在話下，小桐左右張望了一下，果然看見徐子尚正慢慢走過來，就在馬路對面。這條路又直又長，大老遠都沒有紅綠燈，而路中央只有簡單的雙黃線，許多行人只要趁著左右沒車，就會直接穿越馬路，徐子尚看來也不例外，他站在路邊，已經準備伺機而動。

「沒關係，就算自助餐店公休不賣，起碼還有我給你準備的愛心泡麵。」小桐笑著，手稍微抬一下，給對面的徐子尚看看那一袋裝滿滿的食物。

「愛心泡麵？什麼愛？我有說要跟妳談戀愛嗎？」嘴上這麼說，但隔街的徐子尚卻滿是笑意，顯然這只是一句玩笑話。

「看不到我千里送泡麵的用心良苦，好歹也該感戴我忍受著風吹日曬的辛勞，跟我說句甜言蜜語，稍微慰勞一下吧？老老實實地把你內心對我的思念說出來也不會死，嘴巴這麼不甜，你怎麼跟別人談生意呀？」

「思念個屁，這種天氣熱得要命，我只想上樓去吃便當，誰有閒工夫談什麼思不思念的？」徐子尚故作驕傲地說，而路上不斷有車輛往來，他竟是找不到任何可以見縫插針踏出腳步的機會。

「你不承認？」

「當然不。」

「那好，我有辦法逼你承認。」小桐對著手機「哼」了一聲，把電話直接一掛，對街那邊的徐子尚愕然，還以為玩笑開過頭了，正想再撥，看見小桐把手上的陽傘往地上一扔，那一大袋愛心泡麵跟各種零食也整袋落地，她原本是站在人行道上的，此時忽然往前踏出一步，朝著馬路對面走過來，而讓徐子尚嚇了更大一跳的，是他看見小桐過馬路時，眼睛居然是閉起來的。

那瞬間他再顧不得路上有多少車，連便當也不要了，急忙跨步出去，不斷揮手攔住往來的車輛，三兩步跑到路中間，在此起彼落的喇叭跟咒罵聲中，他越過雙黃線，剛好抓住差點被一輛公車迎面撞上的小桐。

「妳瘋了？」有點生氣，徐子尚還感覺到自己心臟怦怦地跳，剛剛那一幕差點讓他嚇死。

「該我的，我已經證明了，」小桐睜開眼睛，她完全不敢回想剛剛近在耳邊，那刺耳

獨白

狂妄的喇叭聲有多嚇人，驚魂未定，卻還笑著對徐子尚說：「現在該你囉。」

1

如果愛非得用生死來印證，我敢，那你呢？

嚴格來說，這一趟台中其實是不需要多跑的，在改版後，小桐的畢業製作可以套用的盒型甚多，有些是河豚老師所提供，有些是她自己在網路或書籍中找到，各式各樣，頂多只是自己再稍微修改一下，就可以請工廠進行製版跟打樣。對小桐而言，這趟出門的約會意義早已大過了工作。

徐子尚對台中也不熟，從古色古香的火車站出來後，先讓充滿新奇的小桐拍了幾張附近的照片，這才攔下計程車。小桐沒來過台中，對這城市充滿陌生，坐在計程車上，忍不住東張西望，不過看來看去，卻覺得其實也沒多少差別，街道窄了點、交通亂了點，而這裡的太大陽一點也不輸給台北，隔著車窗，她都還能感受到熱度。

徐子尚的同學姓李，是個大胖子，或者應該說，他們一家都是胖子，從公司櫃檯一路走到裡面的小會客室，看到的都是那個胖子的家人，他們光是外型就很能彰顯家族企業的精神，而這位目前當家的李大胖先生已經結婚，令人費解的是李太太卻很瘦小，一副營養不良的樣子。

「看到你同學的老婆，人家會以為台中在鬧饑荒，」趁著李大胖寒暄過後，又走出去找紙盒樣品時，小桐忍不住悄悄對徐子尚說：「再看看你同學，別人會以為饑荒就是他造成的。」聽到這句話，徐子尚一口茶差點噴出來，他架了小桐一拐子。

本以為李大胖拿進來的不過是幾個紙盒，沒想到過了半晌，小推車進門，起碼上百種樣式，琳瑯滿目擺了滿桌，讓小桐看得瞠目結舌。李大胖一家經營的是包裝設計公司，他們有一貫的工作體系，任何商品一進來，從包裝設計到印刷執行全都包辦。看在老同學的面子上，李大胖非常慷慨，說小桐只要開口，他都很樂意提供盒子的展開圖，如果有需要，他們也能在印刷製作上提供折扣。

挑了幾種樣式，也詢問了價碼，告辭之前，徐子尚從頭到尾沒有開口多談製作的事，都讓小桐自己去應對，直到離開後，他才建議，如果有看中意的盒型，不妨拿回去參考參考，但倘若是整個製作的部分，最好還是在台北進行就好，因為不管李大胖能給到多少折扣，總也彌補不了台北到台中的車資，設計一旦完成，進入印刷流程之後，要不斷往返印刷廠看顏色、看樣式，這中間要花費的時間精神跟費用，都是非常驚人的。

「可是，不跑台中，就少了很多約會的理由了。」小桐嘟嘴。

「妳可以把錢省下來請我吃飯，我會很感激的。」徐子尚苦笑著說。

為了約會而三天兩頭從台北南下，這當然只能是一句玩笑話，小桐自己也心知肚明，但人在莫可奈何的情況下，只能胡亂想點子，那也是沒辦法的事。為了不浪費一丁點時間，搭著計程車，在結束正事後就往商圈跑，滿口政治經的司機建議他們往一中街去。

其實去哪裡都好，小桐心裡這麼想，當吃過午餐，漫步在許多店家剛開始拉開鐵門或鋪上隔板，開始做生意之際，她一點都不覺得是否來得早了，反正看什麼都不是目的，她想要的只是能跟徐子尚出門一趟而已。

「這對耳環很不錯，妳可以戴戴看。」出人意表的，小桐發現，原來愛逛小東西的也未必全都是女孩子，徐子尚對那些戒指、耳環或墜飾的小店家都格外有興趣，看到造型特殊的，他往往會駐足停看，這當下他拿了一對蝴蝶造型，金屬材質的耳環，直接在小桐耳邊比畫著。

那不過是一家小店面，還不到熙來攘往的逛街時段，沒有擁擠的人潮，反而可以逛得自在，被那些老闆從國外帶回來後，還親自動手加工改造的小飾品所吸引，徐子尚簡直跟失心瘋了一樣，一口氣居然買了七八對耳環，另外還有一條項鍊跟一枚十字架墜子，那個滿臉絡腮鬍的年輕老闆樂不可支，還拿出一本筆記來，說要請徐子尚留下資料，做會員建檔。

「老闆，你要求的資料也太詳細了吧，要地址、電話跟信箱還可以理解，連生日跟婚姻狀況都要是怎麼回事？還有結婚紀念日？」填寫幾格後，徐子尚納悶地抬頭，而老闆告訴他，會員資料愈詳細，就能提供愈完整與貼心的服務，他笑嘻嘻地說：「比如兩位的結婚紀念日，本店就可以寄發紀念品呀，對不對？」

那當下，徐子尚先是一愣，再看看差點笑出來的小桐，他笑著搖搖頭，乾脆勾選已婚，寫完之後，把表格交還給老闆。

「請問，您哪時候、跟誰，在那個日期裡結過婚了？還十月十日呢，國慶日也能當作結婚紀念日嗎？真是臭美呀！」趁著老闆拿著千元大鈔去跟隔壁換零錢時，小桐故意瞪他，眼神裡卻滿是笑意。

「別高興得太早，妳以為人家誤會我們結婚了，是一件值得開心的事嗎？」徐子尚嘖嘖兩聲，指著小桐今天為了要跑印刷廠談生意，特別挑選出來，那套較為成熟穩重的寶藍色洋裝，笑著說：「那只表示在他眼裡，妳已經老掉了而已，懂嗎？」

「懂你個屁！」一條本來拿在小桐手上晃呀晃，很有點重量的銅製項鍊瞬間飛起來，敲中了徐子尚的腦袋，小桐哼了一聲，徐子尚也哀號一聲。

沒有其他特別要去的地方，但也並不急著回台北，距離預定北返的火車時刻還早，況且都提早買好票了，這當下根本不急，逛過一中街，順著狹窄的巷道，瀏覽那些小攤販，不知不覺間走到台中公園附近。徐子尚帶著小桐穿越馬路，走進公園，就在湖心亭前，徐子尚看著平靜無波的湖水，望著卻出了神。

「原來這座亭子不但是古蹟，而且這個造型還是台中市市徽的意象來源啊！」在亭外的解說牌邊看完了文字介紹，小桐這才走進亭子。

「這裡的起源很早，從日據時代就有了。」點點頭，徐子尚抬眼看看周遭，不知怎地，忽然頗有感觸地說了一句：「公園還在，風景也不怎麼變，變的從來都是人。」

小桐一愣，正想再問，徐子尚卻忽然嘆了一口氣，伸手摸摸亭內的木製窗櫺，說了一句：「幾年前，蓉妮帶我來過這裡一次，那時候，這油漆好像還沒剝落。」

我們很近，就在湖青草綠的亭心裡，
我們卻也很遠，當你陪著我的時候想著她時。

18

如果這份愛的感覺，就像行走在峽谷岩縫間，時而仰頭望天的滋味，那麼，要攀爬上去，沐浴在光明的世界裡，那過程大概就像赤腳踩在邊緣鋒銳的石堆上那麼讓人戰戰兢兢吧？小桐躺在床上，又丟了一坨沾滿鼻涕的衛生紙進垃圾桶時，忍不住嘆口氣。那天，離開台中公園後，徐子尚顯得有些鬱悶，而在回台北的火車上，他的電話忽然響起，看著手機，凝視片刻後，徐子尚最後選擇不接，雖然鈴聲並不響亮，但每一聲都直刺小桐心裡。後來徐子尚索性將電話調整為震動模式，之後它又響過兩遍，還是沒接，徐子尚每次看完來電顯示後，就把電話又塞回口袋裡，隨著電話愈打愈多通，徐子尚的眉頭也皺得愈深。

她知道那是蓉妮打來的，一個女人，不管事業心有多重，也無論她多麼專制霸道，畢竟還是會渴望愛情的吧？她可能在公司裡忙了一天，被那些惱人的公事搞得疲憊不堪，所以想跟男朋友說幾句話，又或者今天好不容易可以順利下班，想找男朋友一起吃頓飯？

小桐沒有問，徐子尚也沒有講，他們只是各自安靜著，天黑後沒有風景可看，縮在座位上，這冷氣冷了點，不但讓她皮膚感到寒意，連心裡也不舒服，而更慘的是，一回台北，第二天她就病了。

「乖乖吃藥了沒？」雖然沒有親臨病榻來探望，但徐子尚的關心電話沒少過，尤其在吃藥時間。

「吃了，可是吃完之後，腦袋都昏沉沉的，手腳也很無力，簡直就跟笨蛋一樣，我現在連拿手機的力氣都沒有，」小桐掙扎著講電話，「那個可惡的藥劑師，還說這種膠囊吃完不會嗜睡。」

「任何藥物吃下去，多多少少會有一點副作用的，但基於笨蛋才不會感冒的道理，妳就是吃完藥後得先變笨，然後感冒才會好，懂了嗎？」徐子尚好整以暇地說。

「狗屁。」

他不對那天的電話多做解釋，也不想多談什麼，這些小桐都清楚，有些話題是兩個人都必須刻意避開的。只是躺在床上，百無聊賴，她總不由得要對這些事多想。不到無法下床的地步，她本來就經常有些小感冒，早已習以為常，這點小病是死不了人的，才剛出現一點流鼻涕跟頭暈的症狀，不用跑醫院，她直接就到藥房去買了感冒膠囊。

只是本以為三折肱後能成良醫，自己應該可以掌握身體狀況的，沒想到感冒的第三天，病情忽然急轉直下，原本輕微的症狀非但未見好轉，反而頭昏腦脹，整個人昏沉沉，連出門買個便當都差點摔倒，而一回到家裡，面對紙盒裡的餐點，絲毫提不起食欲，甚至還反胃不已，只覺得渾身燥熱，一量體溫，居然升高到三十九度半。

要不要打電話告訴他呢？徐子尚這幾天正忙著一些設計工作的收尾，暫時是走不開的，她掙扎著搭上計程車，這次可不敢耽擱，一路直奔醫院，在急診室裡，當掛號櫃檯的人問她有沒有家人或朋友陪同時，她搖頭，臉上有些無奈。

那是一種很奇妙的經驗，打了退燒針，躺在病床上，看著急診的觀察室裡熙來攘往，活像個大賣場似的，急症患者、患者的家屬，還有一些陪同的、找人的，或者跟醫生、護理人員不知嚷些什麼的，把急診室搞得熱鬧非凡，而她獨自躺在狹窄的病床上，直到一袋點滴吊完，好不容易恢復點精神，緩步走出醫院，從頭到尾卻連個來探望的人都沒有，但這也是沒辦法的事，她自己心裡清楚。

回家的路上，她傳了一封簡訊給徐子尚，輕描淡寫，只說自己有點發燒，去了一趟醫院，要他不用擔心。簡訊發出後不久，人剛到家，她才脫了外套，努力爬上床去，正想用棉被悶汗，然而手機忽然響起，徐子尚居然已經跑來。

「醫生怎麼說？藥吃了沒有？有沒有退燒？會不會想吐？妳在哪家醫院看的？要不要找個大一點的醫院再檢查檢查？」劈頭就是一連串問題，徐子尚臉上是焦急與關心的模樣，但下一句就讓小桐掙扎著抓起枕頭丟過去，他說：「聽說狂犬病的初期症狀跟感冒很像？」

即便如此，她終究是感動的，徐子尚帶來的，除了筆記型電腦，好讓他得以快馬加鞭完成工作，還有一盒雞精跟好幾罐各種維生素補充錠。

「現在你相信我不是笨蛋了吧？」躺在床上，病懨懨的，小桐對坐在床邊書桌那兒，已經接上電源、打開電腦，開始畫圖的徐子尚說。

「確實，笨蛋比較不會感冒，但我剛也說了，狂犬病的一些症狀……」徐子尚還沒說完，小桐抬起腳來，有氣無力地踢了他一下，瞪眼說：「沒事你就滾吧，不要浪費我家的電費！」

大概只是幾張圖稿的修飾，其實進度很快，除非小桐開口，否則徐子尚幾乎不怎麼說話，他專注地盯著螢幕，手指不斷移動滑鼠，點下按鍵，一張張圖層複雜的設計稿，在他手上如烹小鮮，很快地被處理完成。料理完那些工作後，徐子尚匆匆下樓，在小桐不小心睡著的時候，他已經買回來一碗粥，而且小心翼翼地端到她面前，這才輕聲把她喚醒。

「如果工作在忙，你就先回去吧，不要緊的。」她試著說幾句讓對方安心的話，但氣力極虛，卻是一點說服力也沒有。

「工作是差不多了，下午要去開個討論會，等會一開完，我會趕快回來，再幫妳帶晚餐，好嗎？」徐子尚看看時間，剛過下午兩點，距離會議開始時間還有半小時。

於是她點點頭，徐子尚問她晚餐想吃什麼，她說：「都好。」

當然都好，小桐忽然感謝自己生了一場病，如果不是這不曉得打哪來的強力病毒使然，徐子尚怎麼會出現在這裡呢？他應該看見了吧，書桌正前方的牆上，就在他剛剛放筆記型電腦的旁邊，那兒懸掛了一塊軟木墊，上頭釘掛了好些東西，有前幾天去台中的火車票根，有徐子尚買給她的耳環，還有一張在火車上拍的合照，那是小桐隨身帶的數位相機所攝下，又拿去照相館沖洗出來的，照片裡，徐子尚笑得很靦腆，小桐依偎在他身邊，臉上則是幸福滿溢。

雖然不是故意的，但她知道徐子尚會看見那些，也希望能被他看見，而看見之後，心裡也會有若干想法，但她不知道自己為什麼要如此希望，或許是想讓他知道，自己對這份感情絕對是很認真的，哪怕會有多少困難，哪怕有多麼見不得光，但總之不會像當年那樣。

不過話說回來，當年難道自己就不夠認真嗎？當然不是，那時，她只是不夠積極、不夠勇敢，才沒把這男人給搶過來而已，但這份真心卻從來也沒半點改變過。她心裡覺得，不管徐子尚能來幾次，來了能待多久，這個拉上窗簾，顯得幽暗的房間裡，總因為他的到來，彷彿充斥著幸福的氣味與光。

還在想著，放在枕邊的手機震動起來，她起初以為是徐子尚打來，然而來電顯示卻是郁青，而更讓人費解的是，電話中，郁青不但哭哭啼啼，還說她就在樓下。

「好端端的妳哭什麼？」支撐著起身開門，才走幾步就已經氣喘吁吁，臉色蒼白，小桐納悶地問，但郁青踏進房裡，還沒收住眼淚，也還沒說明原由，卻是一臉疑惑地問：「我剛剛看到一個很面熟的人，他……」話還沒說完，她看到書桌前那塊軟木墊上的照片，卻忽然啞口無言。

有光映照的角落，就是幸福的角落了。

或許為世俗所不容的念頭，才造就出值得傳誦的故事，
但我從無意於拆敗他們篤信不疑的美好世界，
那些天經地義的、理所當然的，都是別人決定的，
而我只活在看得見幸福的空氣中，呼吸著你的呼吸。

儘管焚滅一生成灰，我也只想這麼偷偷地、自私地，愛你一回。

因為我知道，我就是知道，
當一切都如此不完美時，愛才真的完美了。

「有什麼事，不用電話講，或者去學校再講，這麼急著找我？」強打起精神，不想讓看著牆上那些東西而有些愕然的郁青先開口，小桐坐在床邊，先把話題帶回來。但郁青一回到原本的情緒裡，她連話都沒講，眼淚又先掉了下來。

「先別哭好不好，至少告訴我，到底發生了什麼事？」小桐皺眉。

「我退組了，他們叫我自己想辦法做畢製……」哽咽了半天之後，郁青唯一能吐出來的只有這麼一句。

又花了好些時間，問問答答，小桐才終於搞懂，原來為了畢業製作的事，郁青跟班代他們那夥人鬧翻了，大家本來各有各的負責部分，必須彼此配合進度，然而郁青手腳本來就慢，又被安排在手工裁切黏製素材的崗位，再加上她本來就對那些設計的內容多有不能認同之處，幾次小組會議開下來，眾口一詞地對她頗多責難，她為自己抗辯幾句，同時也批判了設計的問題，結果人家火大了，班代當場叫她滾蛋，而可悲的是，當她滿腹委屈地收拾包包起身時，在座一夥人，居然沒一個願意替她多說幾句話。

「現在怎麼辦？妳能自己一組嗎？」眉頭愈聽愈皺，小桐問，但問了也知道是白問，郁青對設計本來就沒有太大興趣，平常作業也只能勉強過關，一個不擅長這領域的人，在別人的組裡都只能濫竽充數了，更何況要她親力親為，自己主導一個作品？

「這件事妳跟老師談過沒有？或者，有沒有打算再找別人合作？他們那些人本來就勢利得很，當初妳要跟他們一起合作，我就覺得不妥，沒想到最後果然變成這樣。」嘆口氣，小桐說：「這件事很糟糕，而唯一的好處是時間還夠，妳就算要另起爐灶，勉強也還算來得及，怎麼樣，有任何打算嗎？」

半小時前，坐在電腦椅上的是充滿朝氣、為了案子而努力的徐子尚，半小時後，這裡變成了眼淚撲簌簌不斷流下的郁青，小桐覺得有些時空混亂的錯覺，但她沒時間去想那些，眼前最棘手的問題，她得先替郁青解決才行。

「怎麼樣，妳自己倒是說說話呀？」又等了片刻，小桐忍不住問。

「我也不知道，我……我只能來找妳了……」一句話都沒能好好說完，她又哭了起來，而小桐當下也明白，要論人緣，自己在班上的人緣雖然欠佳，但起碼孤芳自賞，從來也不仰人鼻息，總算是有點骨氣，但郁青從以前就缺乏主見，心裡即使有些想法，往往也不受人重視，她永遠都只能附和別人，或者為了尋求他人的認同，而勉強自己去配合大家，當一個小配角而已，就像這兩年一樣，可是她當了那麼久的跟屁蟲，被別人呼來喚去的下場是什麼？不過就是講了幾句自己的想法，抒發一點情緒，結果就被轟了出來。

小桐嘆口氣，看著兀自淚流不止的郁青，她大概可以想像，在被趕出來時，那些人到底說了多少難聽話，而可憐之人必有可恨之處，她又看看郁青，卻忍不住也有點幸災樂禍，當初可是妳丟下我，跑去抱別人大腿的，現在被人一腳踹開了，居然就想回來找我，是這樣嗎？

「妳聽著，有幾個條件，妳要是能答應，我就跟河豚老師說一聲，讓妳轉過來我這一組，可以嗎？」想了想，決定暫且放下於事無補的恩怨問題，小桐說：「第一，這個梳妝台的設計是我想的，從一開始到現在，幾乎都由我自己在處理，如果爾後這個東西有任何發表，或者可以運用到其他管道，都必須由我同意，妳不可以擅作主張；第二，因為整個設計過程已經發展到一定的階段，因此，如果妳現在要加入，就只能依照我的設計繼續進行，不可以隨便亂改，就算要改，也非得我點頭答應不可；至於第三，」小桐又沉吟一下，說：「妳可以參加我這一組，但有些事情，我希望妳不要過問太多，」看著郁青，她口氣慎重地問：「妳可以接受嗎？」

「小桐，對不起，給妳造成很多困擾，但是，我真的只能來拜託妳了。」郁青哽咽著。

「這些話就不用再說了，我只問妳，這三個條件，可以答應嗎？」不想感情用事，她口氣鄭重地問，而郁青點了點頭。

她並不是很想聽郁青的那些抱怨，到底班代他們是怎麼做人做事的，這與她一點關係也沒有，而儘管她不欣賞那些人，卻也不喜歡郁青埋怨他們的口吻，那種感覺其實並不舒服。趁著話題稍止，她又躺回床上，指指手，要郁青打開電腦，把一些畢業製作的相關資料拷貝回去，希望她在加入幫忙之前，先搞懂一些設計上的理念與細節。

「這不是徐子尚學長嗎？你們還有聯絡？」依照吩咐，打開電腦，但一進入桌面，郁青就愣住了，她錯愕地問。

小桐心裡暗叫一聲不妙，她刻意不讓郁青提到牆上那些東西，但怎麼就忘了電腦桌布早已換成她跟徐子尚的合照了呢？掙扎著又起身，她說：「前幾天，他帶我去台中找廠商。」

「那妳跟他……」

「朋友而已。」不想多說，她揮揮手，「別忘了妳剛剛答應過我的事。」

很識相地閉口不再問，但郁青臉上早已寫滿了疑惑與茫然，雖然這兩年都跟班代那群人混在一起，然而她也不是沒見過小桐的男朋友，那個叫作楊成愷的男生。在她還沒完全向班代那群人靠攏之前，她還曾跟這對男女朋友一起在學校附近吃過幾次飯。

「對了，下個月，設計學院有聯展，妳要不要去看看？我覺得妳的梳妝台很不錯，如果可以去看看別人的包裝設計，也許可以吸收不同的經驗跟觀點，我……」勉強想找話題，但郁青的話還沒說完，小桐又揮揮手，說：「妳資料抓好就先回去看看吧，我很不舒服，想再睡一下。那個展覽，如果有空的話再說吧。」

紙當然包不住火，但問題是也沒有包的必要，她並不是刻意要隱瞞或迴避，只是覺得，一來自己正抱病在床，實在沒有力氣對很多事情多做解釋，二來是這些似乎也沒有解釋的必要，她都已經把話說在前頭，要郁青不能多過問了，那還需要跟她澄清或交代什麼嗎？雖說當年的事，郁青也曾攪和其中，但那都是過去式了，現在的故事、現在的人生，都完全只屬於自己一個人，何必他人來多所置喙？她要聽的早已不再是什麼對或錯的問題，她要的只是愛情而已。

眼看小桐輕輕閉上眼睛，像是快要睡著，郁青又說了幾句關心的話，雖然被班代他們排擠，但至少在小桐這邊獲得了諒解，她心裡只有感激而已，有些心中犯疑的地方，似乎也不是拿出來問的好時機。幫忙去浴室拿了毛巾，出來幫小桐擦擦臉上的汗，又幫忙將沒吃完的一碗粥給收到冰箱裡，她拿了裝滿資料的隨身碟，準備離開。

「我最近會再找找其他印刷廠，如果一切都順利的話，有些製作工作很快就會開始，到時候妳再一起來幫忙。」小桐又睜開眼睛，說：「很多事情，妳不用想那麼多，畢業製作的組別有著落了就好，知道嗎？」

「對不起，妳都這麼不舒服了，還要替我想辦法，真的很不好意思。」有些感動，郁青忍不住又想落淚，但她急忙收住，這個躺在床上的病人脾氣可不好，她不想又哭哭啼啼地惹好友生氣，急忙擤了擤鼻涕，說：「那我先回去了，妳身體好一點之後，再分配些工作給我，不管要做什麼，我都可以幫忙，好嗎？」

「好。」小桐露出淡淡的微笑。

「對了，那張畫很好看，小桐妳的手繪功力又進步了，真的很棒。」像是想到什麼似的，郁青忽然說。

「什麼畫？」她愣了一下，而郁青指指桌面上。

等房裡只剩她獨自一人時，小桐努力撐著床緣起身，她有些好奇，不知道郁青說的是什麼。書桌上擺了些零散的東西，而角落邊有一張畫在便條紙上的小插畫，是一個濃眉大眼的男生，睜著圓亮的眼睛，手上捧著一碗湯藥之類，端到一個女孩面前。很可愛的畫風，那個男生儼然就是徐子尚的卡通版，而女孩斜分的劉海、彎彎的眉毛，還有細緻的臉蛋輪廓跟一身小碎花睡衣的模樣，不正是自己的樣子？那當然是徐子尚畫的，紙張的背面還寫了一句話：「幸福是最好的感冒藥。」

幸福是最好的感冒藥。

20

依然是相同的教室，差別只是主角換了人，當年徐子尚他們在這裡衣冠楚楚，等著每一位老師前來評分並給予意見，而今站在作品前面的，則換成了小桐。她特別吩咐了，要郁青沒事別亂走，尤其別去跟班代他們那夥人多囉嗦，反正拆夥都拆夥了，再吵什麼也沒用。只是如此一來，她的作品區這邊可就門可羅雀了，以前那群人偶爾還會過來打打招呼，聊上幾句的，現在可好，平常在教室就不怎麼來往的，而今大評的日子，那些人更連這邊都不瞧上一眼了。

「我們跟透明人好像。」郁青臉上是無奈的表情。

知道她還不習慣這種孤立的感覺，小桐聳個肩，說：「起碼可以省下很多寒暄應酬說廢話的口水。」

一整天的時間，不斷有老師踏進教室，針對大家的作品評分指導，有些意見十分可貴，但是亂鬧的卻也不少，遇到有建設性的，小桐會立即筆記下來，那些點子都可能是後續改進的參考，不過當然也得斟酌為之，但她要參詳的對象，並不是現在跟她同一組的郁青，而是正在外面抽菸，跟河豚老師聊天的徐子尚。

「小桐，妳跟子尚學長什麼時候又開始聯絡的？」終究掩不住好奇，郁青問她。

「其實也沒多久，從畢製開始之後。」小桐回答得漫不經心，沒有老師走過來的空檔，她只想看看窗外，為了避嫌而不好意思在這裡待太久的那個人，他的背影瘦削很多，最近忙著工作，三餐跟作息都不固定，連帶地似乎連精神也差了點，比起她這個大病初癒的人，氣色都還要糟上一點。

「那……阿愷知道嗎？」遲疑了一下，郁青問。

「我自己的事，需要對全世界交代嗎？」沒有正面回答，但她轉過頭來時，臉上明顯有不悅的神色，讓郁青趕緊閉上嘴。

之前採納了徐子尚的意見，以較為抽象的方式來表現梳妝台的喜氣，取代本來具象的造型，雖然因此而造成了進度的落後，很多事情必須重新再來，卻相對地得到較多老師的讚賞，因此也獲得不錯的評價，一天即將結束，眼看日已平西，有些同學甚至都開始收拾東西了，小桐左右張望了一下，卻沒看見徐子尚的身影，她把攤位交給郁青，要她準備收工，自己則走出教室，在附近晃了一圈，意外地卻沒看到人影。

她心裡盤算著，結束這次大評後，整個製作的方向幾乎就已經確定，接下來只要朝著終點加快腳步就好，而在那之前，她想多留點時間給心愛的人。今天已經夠累了，她打算晚一點把東西都帶回家，也不用換衣服了，就跟徐子尚一起共進晚餐，前幾天在家養病，閒著上網瀏覽，意外發現宿舍附近就有家不錯的美式餐廳，徐子尚愛吃漢堡，他應該會很喜歡才對。

「妳怎麼跑出來了？」正在找人，她沒料到背後會有聲音，還嚇了一跳，河豚老師慢條斯理地走過來，問她這次評比的結果如何。

「有些老師給了不錯的意見，可是有些就很不以為然，說什麼線條跟顏色怎樣怎樣的。」小桐搖搖頭，語氣中有些抱怨。

「哈，別管他們，聽我的就好，」河豚擺出一副權威的樣子，鼓出圓圓的腮幫子，說：「我是妳的指導老師，所以我說了算。」笑著，沒有多聊，河豚轉身就要往教室的方向走，而小桐靈機一動，問他有沒有看見徐子尚，把手一比，河豚說：「剛剛才抽完菸，他女朋友在找，所以我就先走了。」

女朋友？小桐一愣，現在才下午六點，按理說，蓉妮應該還在上班才對，她不是工作很忙嗎？還有時間打電話找男朋友？好奇著，小桐朝著系館外走去，就在中廊的樓梯口邊，有個開放的吸菸區，她原以為徐子尚會在那裡講電話，哪知快步走近，竟聽見一個陌生的女人聲音，她輕蔑地笑著問：「好玩嗎？玩夠了沒？夠了的話，要不要回到現實來了？」這話讓小桐一愣，急忙停住腳步，而更讓她納悶的，是旁邊傳來徐子尚說話的聲音：「妳如果沒有聊天的心情，就不用大費周章請假跑來了，我不會見怪的。」

「請假？你真以為我跟你一樣悠哉嗎？今天下午去食品檢驗局聽一個座談會，剛好提早結束，我才有時間過來的。」那個說話的女人應該就是蓉妮了吧？一陣紙袋的窸窣聲傳來，蓉妮又說：「我猜你一定還沒吃飯，哪，你喜歡的美式漢堡，特別按照你的喜好，給你加了雙倍起司。」

小桐站在樓梯後，稍微往上幾步，從樓梯間可以看到他們兩個人。蓉妮有一頭俏麗而俐落的紅色短髮，臉上幾乎不施脂粉，她的眼神很銳利，跟講話一樣，就站在徐子尚身邊大約兩步的距離，如果不是徐子尚手上那根菸還不斷冒著裊裊的煙，讓蓉妮臉上帶著嫌惡的表情，他們應該會站得更近一點吧？而那個紙袋現在在徐子尚手上，他大概沒什麼心情吃吧。

光憑這一點，我就贏妳太多了。在那兒微彎著腰偷窺，小桐心想，妳就算買了漢堡給他又怎樣？雙倍起司又怎樣？人家也未必會領情吧？光是為了躲避菸味就閃躲成這樣，兩個人還怎麼親近對方？小桐慶幸自己平常並不介意菸味，相反的，她還特別喜歡徐子尚抽菸時的模樣，也喜歡他抽完菸後，留在手指上淡淡的菸草味，那種專屬於男人特有的氣息總讓她傾心不已。一時間分了神，再仔細聽，蓉妮語帶調侃地問：「怎麼樣，校園巡禮，好玩嗎？」

「無所謂好不好玩，我現在那些工作都靠河豚老師牽線，回來走動走動，也是一種交際，況且看看學弟妹的大評，了解一下這些學生的創意，說不定也會有值得借鏡的地方，他山之石可以攻錯，做設計的、做品牌的，都應該懷抱寬廣的胸襟，多接觸一點新的東西，才不會固執己見、故步自封，也才不會把自己關在象牙塔裡，還以為自己真的登天了。」徐子尚說得輕描淡寫，小桐雖然不明就裡，卻也聽得出語氣裡充滿譏諷。

「好幾天沒空碰面，你講話就一定要這麼酸嗎？」

「我講話很酸？妳確定講話很酸的人是我？」徐子尚用誇張的語氣說：「我還以為自己模仿妳的講話方式，模仿得入木三分，妳應該會給我一點讚美呢。」

躲在角落，小桐差點都要笑出來，她幾乎聽見了蓉妮不耐煩的濁重吐氣聲。他們沉默了半晌，蓉妮才又說：「我不管你講這些話到底是什麼意思，我只是要問你，到底夠了沒有？」她停頓了一下，說：「一開始我就說過了，個人工作室的經營是行不通的，你關在家裡，光靠河豚老師牽線，一年能接幾個案子？要說應酬來往，別人或許還有點辦法，但你徐子尚擺明了就不擅長這一套，你能喝酒嗎？你有錢跟人家應酬嗎？是不是做完現在的案子，你就準備關門大吉了？我是看你這麼興沖沖的，所以才睜隻眼、閉隻眼，那請問一下，你去台中談成了什麼生意？除了花錢買那些耳環給我之外，你還帶回多少案子要做？今天你吃飽撐著，跑回學校來逛大街，河豚老師有給你新的工作嗎？」

「台中的案子還在談，河豚老師這邊的也還沒結束，怎麼會有新工作？」徐子尚似乎動了怒氣，但語氣聽起來就沒剛才的鋒利。而小桐心裡一愣，也隨即明白，徐子尚前幾日陪自己跑一趟台中，蓉妮原來以為他談生意去了。

「所以我才問你，玩夠了沒有？」蓉妮察覺到自己的勝利在望，但她口氣並沒有稍稍放緩一點，反而語帶要脅地說：「有些廢話我就不多講了，那麼大的人了，事情輕重你自己應該很清楚，要怎樣做才有前途，你徐大設計師看來也不用別人教，但是我告訴你，嘔氣是有限度的，任性也是有限度的，而我的忍耐，同樣也是有限度的。」

「我的人生要怎麼過，用不著別人來教！」聲音陡然大了起來，徐子尚像在怒吼，可惜毫無氣勢，卻像是困在蓉妮佈下的天羅地網裡，在做困獸之鬥的掙扎。

「教你？我怎麼敢？」威脅之後，又是她一貫的冷笑語氣，蓉妮似乎拿出什麼東西，啪地往吸菸區裡的小桌子上一拍，說：「認清現實的人並不可恥，可恥的是現實都明擺眼前了，卻還要睜眼說瞎話，死要面子的那種人。」說完，高跟鞋踩過水泥地，蓉妮居然連聲再見都不說，轉身就走。這是一次極其失敗的勸慰場面，原本盤算好的一切全都落空，本來準備好的一番溫言勸諫全都沒派上用場，她訝異自己原來如此按耐不住脾氣的同時，卻也忍受不了徐子尚的倔強，掉頭轉身遂成了唯一的選擇。

而從頭聽到尾，小桐忽然有些尷尬，她不知道自己是不是應該現身，怕徐子尚會覺得難堪，也不曉得能跟徐子尚說上什麼安慰的話，權衡了一下，只覺得一動似乎不如一靜，但就在她又彎低了身子，想偷偷走開時，沒想到卻聽見一聲東西砸爛的聲音，跟著又是什麼東西重重敲上了石桌的悶響，她嚇了一跳，再顧不得那些男人的面子與否，急忙探頭，只見裝著漢堡跟飲料的紙袋已經在地上摔爛，而徐子尚又是一拳，狠狠地砸在桌面上，嚇得她趕緊跳了出來，急著去拉住這男人的手腕。

「妳怎麼在這裡？」沒預料到小桐會出現，徐子尚強抑著怒氣，回頭問她。

「你的夢想要靠這雙手慢慢織出來，也許可能會慢一點，但總會有織完的一天。如果你現在把它弄受傷了，甚至弄壞了，那以後要怎麼畫圖給我看呢，對不對？」小桐臉上是甜美的微笑，「我的手繪功力沒有你好，可能畫不出你受傷的手包起來的樣子喔。」

在路邊的快炒店裡也能花個兩千多塊錢，身為一個土生土長的台北人，小桐覺得這個城市的物價還是挺驚人的。桌上杯盤狼藉，徐子尚的肚皮鼓脹，不只那些菜餚，他也喝了不少啤酒，兩個人搭上計程車時，連小桐都感到胃部極撐。這簡直就像一場帶有報復性質的揮霍，那些便宜的菜色，徐子尚一概不點，卻專挑昂貴的海鮮類，他說人活著最重要的就是一口氣，沒理由這樣被瞧扁，而且那個把他貶得一文不值的，還是最該在這當口給予鼓勵的人，這實在讓人洩氣。

最該給你鼓勵的人怎麼輪得到她呢？小桐心裡不以為然，但這不是吃醋的時候，事實上，她也根本沒有吃醋的必要，當酒意上來，腳步虛浮的徐子尚被攙著走上樓梯，他在恍惚中，沒等小桐打開門，抱著身邊這女孩忽然一陣親吻時，小桐就知道自己是今晚的勝利者。沒有好好地脫下衣服，兩個人在床上翻來覆去地擁抱與撫摸對方的身體，她一邊品嚐著徐子尚的身體線條，絲毫不為這男人口鼻裡的酒氣所影響，只想貪婪地佔有，而一邊卻在心裡嘲笑著蓉妮，妳就儘管把他踩在腳下吧，妳愈是不把他放在眼裡，就愈逼著他往我這邊靠，踩呀，妳就再狠一點，儘管用力地踩吧！她感受到徐子尚的體溫、他屬於男人特有的氣息，儘管不是一次很舒服的做愛，卻是她收割勝利果實的最好收尾，徐子尚的動作有點粗魯，將她懷抱在自己的胸前，嗅著她的髮香，發出低低的喘息聲，而小桐把他抱得很緊，這種感覺，她要牢牢記住才行，愛情是生命中最摸不著邊，但偏又沉重的滋味，彷彿只有如此軀體交纏而呼吸混合的當下，才能證明彼此正擁有著對方，她想起徐子尚當年說過的，保存在記憶裡，那份愛過的回憶就是一種圓滿，不對，當然不對，她不但在此時此刻要擁有這個男人，未來的每一天、這輩子，她都不要他再離開。用輕細的聲音，小桐在意亂情迷的徐子尚耳邊說著：「你是我的，你還有我，還有我，直到永遠。」

我的夢想，是你畫出來的夢想裡，要有我的樣子。

21

徐子尚承接的計畫案當中，有不少需要用到實際照片合成的地方，為此，他接連打過好幾通電話到政府單位，向他們索要各類資料圖檔，然而一個案子都快做完了，有不少檔案照片卻始終付之闕如，等了又等，始終也沒等到。

「那怎麼辦？」在工作室的角落裡黏著手工，正為了畢業製作而努力的小桐問他。

「還能怎麼辦？自己出去拍囉。」放下手機，又碰了一次軟釘子的徐子尚懊惱地說。

這不是很正常的兩人關係，對小桐來說，她總感覺不甚踏實，但那種不踏實的虛懸裡，又有著一種詭異的愉悅感。一個小時前，他們在徐子尚那工作室隔壁的小臥房裡歡好，一個小時後，他們沖過澡，走過一扇門，又開始了各自的工作，但再過一個小時，兩人已經上了機車，沿著山路往石碇方向騎去，帶著相機、筆記本，還有一袋便利商店裡買來的零食跟飲料。

並沒有特定的目的地，徐子尚做的是都市休閒計畫的內容，需要的全是些田野風光的景色，所以想來想去，大概就只有新北市這幾個靠山邊的地區還有些能看的風景。沿著台九線跑，途中只要是差不多堪用的景色，他就不斷停下來拍照，小桐除了吃東西，偶爾也擔任尋覓角度的工作人員，幫著一路走看。

天色還不錯，是很適合拍照的光線。徐子尚不時抬頭望天，就怕會出現突如其來的午後雷雨，好不容易拍了一些，中午剛過不久，就在一條不知名的溪邊，鄰近產業道路的幾處人家外面，他忽然嘆了口氣，在路邊坐了下來。

「你這樣坐著，可能會讓公車司機誤會唷。」小桐提醒他，那張老舊的木椅就擱在一個斑駁的公車站牌旁邊，顯然是給等車的旅客暫歇的。

「這裡真的有公車嗎？我看等兩天大概也等不到吧？」徐子尚嗤之以鼻，他看著小街道對面的那幾幢舊房子，看著看著，卻不自覺地出了神。

「那裡有你要的風景嗎？」陪著坐下，小桐問。

「有，但不是工作需要的。」徐子尚語帶嚮往地說：「看到剛剛那個騎車過去的老先生嗎？他應該是住在附近的農民吧？他再日常不過的生活，就是我最想要的風景。」

「啊？你是說，當農夫嗎？」小桐有些不解。

「有什麼不可以嗎？自食其力，田裡種什麼，餐桌上就吃什麼，那不是非常好嗎？少了現實裡的很多問題，也少了城市裡的很多紛紛擾擾，不用汲汲營營去看別人臉色，也不用浪費時間跟精神，去跟別人討論那些自己可能一點興趣也沒有的案子，過著純粹看天吃飯的日子，多麼愜意？」

認識好幾年來，頭一次聽徐子尚聊起人生的志願，小桐一方面感到新鮮，但同時也不斷搖頭，她說：「那圖呢？圖還畫不畫？這裡有網路可用嗎？有便利商店嗎？你想去稍微遠一點的地方怎麼辦？公車可是兩天才有一班喔？」

徐子尚笑了出來，他說這些都只是生活中的旁枝末節，如果真想畫圖，隨便拿一張紙、一枝鉛筆就可以畫，要是沒有橡皮擦，弄一塊饅頭也不是不行，「別讓人生來選擇妳，而是妳要選擇自己的人生呀。」

「說得倒好聽，好像這裡就是你的桃花源、烏托邦似的。既然這樣，那你還搞什麼工作室？乾脆東西收一收，直接搬來就好了呀。」小桐又笑。

「這裡是很美、很適合養老沒錯，但如果要終老一生，只怕真有一個隱憂。」徐子尚眉頭忽然一皺，說：「萬一哪天又老又病，連機車都騎不動了，我是得安排一輛電動輪椅才行，否則怎麼去看醫生？」

「你需要的不只是電動輪椅，還包括一個可以騎輪椅載你的人。」小桐笑著說：「這樣吧，這荒山野嶺的，你一個人生活也挺不便，不如我在你家隔壁開個雜貨店，賣點醬油或香菸之類，哪天你要去醫院掛號看門診，我還可以騎著電動輪椅載你，這樣好不好？」

「那就萬事拜託了。」徐子尚煞有其事地鄭重點頭，還非常懇切地握著小桐的手。

「大恩不言謝，你千萬不要放在心上，」她得意地笑著：「如果死之前還來得及寫遺囑，記得把遺產都留給我，這樣就可以了。」

說是嚮往田野生活，但其實徐子尚對大自然的認識並不多，許多溪邊的植物他都非常陌生，連姑婆芋長什麼樣子、蕨類植物如何仰賴孢子的繁殖，這些也要靠小桐來說明，當兩個人小心翼翼要走下溪邊的斜坡時，揹著相機的徐子尚還差點滑倒，小桐趕緊伸手拉住他，一邊帶著這個大男人往下走，一邊嘴裡則碎唸著：「你確定自己適合住在鄉下嗎？會不會一場颱風過去，土石流就把你沖走了？注意你的腳邊，這種有坡度的地方，腳底板要橫著走啦！你跟平常一樣的走法，重心不穩就會摔下去的！」

「這種小事還需要妳教我嗎？我是誰？我是徐子尚耶！想當年我們辦活動的時候，遇到那些要上山下海的時候，我……」還在自吹自擂著，但最後一句話沒講完，他不但腳下一滑，自己摔了一跤，還把小桐也跟著拉倒在地。

「遇到要上山下海的時候，你就拖著別人一起死，是嗎？」屁股痛得要命，摔倒在地上，沾了滿身的泥巴，小桐沒有生氣，卻無奈地看著徐子尚。

溪水很清澈，雖然看不見游魚，但水草與溪裡的石頭卻清晰可見，徐子尚把手腳都洗乾淨時，這才終於願意承認，看來會因為不具備荒野求生能力而死在山谷裡的可能是自己的這個事實。相較起來，小桐比他還要機靈也俐落得多，在溪邊拍照時，他看到小桐脫了鞋襪，慢慢地朝溪水裡走去，她一邊玩水，也一邊摘採溪邊的小野花，臉上滿是開心的模樣。好奇地一問，徐子尚這才知道，原來眼前這個看起來非常都市人樣貌的小女孩，其實還有一段住在鄉下的童年生活。

「我外婆住在南投，以前每年夏天都會回鄉下住一陣子。」不由分說，她走到岸邊，把徐子尚的相機拿下來，直接擱在岸邊，拉著這個不會游泳，還有點怕水的大男人就往水裡走。

「還要再往前走嗎？都這麼深了，妳還不怕嗎？」開始出現畏縮，徐子尚深怕在溪水裡滑倒，水深不過大腿，他已經開始發抖，縮著手就想往回逃。

「這有什麼好怕的？」四下裡只有鳥叫蟬鳴，像是跟整個大自然融在一起似的，臉上滿是自在與舒適的表情，小桐把徐子尚帶到水中央，慢慢地鬆開手，讓他自己站好，體驗流速緩慢的溪水正包圍著自己的感覺。

「妳不怕被水沖走嗎？」戰戰兢兢，動都不敢動的徐子尚只覺得恐怖至極，看著慢慢走向旁邊，幾乎就快開始游泳的小桐。

「不會呀，這水那麼舒服，又那麼慢，你不要往深的地方去不就好了？」

「那萬一不小心踩到深的地方怎麼辦？」

「那就開始游泳呀。」

「衣服會弄濕。」

「弄濕了就等它乾了再回家嘛！」

「可能會有魚咬妳？」

「台灣的溪水裡沒有食人魚啦！」已經走開了幾步遠，小桐還在探索著溪水的深度，眼見水深及胸，她卻似乎一點都不畏懼，慢慢地又走回來。

「真是一個什麼都沒看在眼裡的野孩子耶，那妳到底有什麼怕的？怕蟑螂、怕老鼠，還是怕鬼？」徐子尚皺著眉頭，一看小桐接近，立刻就把手伸出去想扶住。

「怕你不愛我而已。」抓住徐子尚在水流中充滿慌張的手，小桐說。

我無懼於這世間的流言蜚語或風雲劇變，只怕你不愛我時，我還深愛著你。

22

有時候小桐忍不住會想起前幾年，那段即使在愛裡，卻也像是沒有愛情的日子。那時是比較輕鬆的，起碼，她從來不需要擔心失去。這或許就是愛與被愛的差別，被愛，就只需要等著被人所愛，但是愛一個人，卻必須煩惱著對方是否接受，或能接受多久的問題，就像現在這樣，她不知道徐子尚能不能陪著她，讓她有機會把天長地久才叫圓滿的這個理想順利實現，也許有一天，她搶來的，又會被別人搶走；也許到了那一天，陪伴在徐子尚身邊，跟他一起騎著輪椅去醫院掛號看老人病的，就換成了另一個比她更年輕、更漂亮，還更有心機的女人也說不定。她想得出神，漏聽了幾句話，以至於回神時，只看見一臉奸險的印刷廠老闆跟滿臉無奈的郁青正雙雙望著她示下。

「怎麼樣？」老闆涎著臉問。

「怎麼樣？」郁青苦著臉也問。

「什麼怎麼樣？」而她還沒搞懂到底發生了什麼事。

這種莫名其妙的出神，最近經常出現在她身上，郁青似乎已經察覺，當告別那家漫天叫價的印刷廠後，小桐嘴裡嘮叨抱怨個不停時，郁青忍不住問她是否還好。

「好？好個大頭，那種價錢誰受得了？我跟妳說，那家印刷廠的墨色就算再好，我也不會跟他合作，妳瞧見了嗎？那個老闆一臉想詐財的樣子，如果我們把東西交給他印，誰知道印好之後會不會又多收什麼錢……」

「我不是說這個。」郁青搖搖頭，想了想，又遲疑了片刻，她才問：「妳跟子尚學長是不是在一起了？」

「幹嘛又問這個？」一提到徐子尚，小桐的警戒心立即升起，帶著防備的語氣，她說：「不是說過了嗎，這些事情叫妳別問的。」

「因為……」躊躇一下，郁青說：「我上星期遇到阿愷了。」

在搖搖晃晃的公車上，天色剛要暗下來，除了那個一臉奸商模樣的印刷廠老闆讓人有些許不快之外，今天基本上應該算是充實也愉快的一天，但就在白晝將盡前，小桐的臉色卻刷了下來。郁青說她前幾天在臉書的收件匣裡意外收到一則訊息，起初有些弄不明白，後來點開一看才發現原來是楊成愷。他們沒有約出去見面，只是在線上聊了起來，沒說什麼埋怨或氣憤的話，楊成愷只簡單交代了分手一事，同時也提到，分手的原因，是因為小桐有了新的「他」。對此，楊成愷並不怪罪別人，他只是責備自己，以前在一起時可能不夠珍惜，又因為當兵而疏離，也可能是自己家裡給了女方太多壓力，總而言之，這個分手的結局，他把錯都攬在自己身上。

「既然他不怪任何人，那又找妳談什麼？」有些不高興，小桐問。

「他只是剛好放假，太無聊，想找個人說說話而已吧。」郁青側頭想了想，這才囁嚅著說：「這件事，其實我是不太方便發表意見的，畢竟我跟阿愷不熟，跟子尚學長也是，都很久沒有講過話了，對他們的情況也不太了解。」

「那妳就繼續保持不講話的狀態就好。」點點頭，小桐不願繼續這個話題，然而郁青本來也跟著點頭的，過了半晌，她卻又問了：「但是，小桐，我跟妳很要好，不是嗎？」

要好？那要不要來算算這兩三年妳背叛我的帳呢？冷冷地瞄了一眼，小桐心裡陡然有股怒氣，才剛收容妳沒幾天，居然又想插手干預我的私事了嗎？她很想叫郁青閉嘴，少把交情什麼的掛在嘴上，這就是收容她的壞處，也是戀情與祕密曝光之後的壞處，不管是誰，總有人擅自以為可以發表任何意見，就跳出來夸夸其談一番，非得憑藉著一點微不足道的關係就來說三道四，甚至指責是非嗎？不想聽，不想聽，她只想叫全世界與這份愛無關的所有人都閉嘴，不過儘管這麼想，但這句話她終究沒有脫口而出，冷冷地看著坐在身邊這個一臉猶豫模樣的老同學，小桐勉強自己壓抑下不耐煩的情緒，想聽聽看她到底想發表什麼看法。

「妳也知道，我沒有談過戀愛，可是，就算是這樣，我也覺得……覺得……」

「覺得什麼，想說就快點說，公車快到站了。」小桐提醒她。

「覺得不太好。」郁青鼓足了勇氣，說：「我記得子尚學長以前有女朋友，對不對？那現在呢？他分手了嗎？如果分手了就應該沒關係，可是，如果還沒，那妳跟他在一起，這樣子……這樣子真的不太好吧？」

「不好的理由是什麼？」語氣冷漠，小桐沒有看她，視線卻飄出了車外，飄過了眼前的時空，像是又回到當年她還是個大一新生時，企圖製造一場風波來拆散徐子尚他們，可惜徒勞無功，反而弄巧成拙，給自己惹了一身麻煩的那時候。

「我也不知道要怎麼講，這個……」本來就拙於言辭的郁青，此時顯得更加滯礙，期期艾艾了半天才說：「愛情裡的關係，是不是應該平衡？或者說，不要造成傷害比較好？如果在愛情裡還要壓抑，或者委屈自己，不能名正言順的話，久了以後，會不會影響妳一些什麼……我只是擔心，擔心這個而已。」

「那妳告訴我，有什麼樣的愛情能夠真正的平衡？有什麼樣的愛情不會在甜蜜與快樂之餘，同時也帶來一些傷害？這世界上有這種愛情嗎？妳要找永遠幸福快樂的童話故事，那就只能往童話故事裡面去找，不可能在現實中被妳遇到。本來愛情就是一種會讓人感到壓抑或委屈的東西，如果怕，那就跟妳一樣，永遠別談戀愛了。」小桐搖頭說：「妳聽好，這世界上，沒有一種愛情是不會影響到人的人格與個性的，知道嗎？會讓人改變的，那才叫愛情。」

「但妳不覺得這樣很難過嗎？除了我，妳要怎麼讓別人認同這樣的愛情？」

「我沒要求任何人來理解，所以就算所有的悲歡喜怒都只能自己一個人品嚐，我也覺得理所當然，不必別人來分享也無所謂，因為這本來就是我自己的事情，誰來說什麼對或錯的，那些都是多餘的，我既不需要別人的評價，也不需要對任何人交代，」她說：「我追求的，只是無愧於心的，愛一個人時才有的，那種純粹的感覺而已。」

郁青後來沒有再往下追問，她們談論的已經超出周芯桐拋棄楊成愷，轉而愛上已有女友的徐子尚那一回事，郁青不能理解的，是世上怎麼會有超越世俗觀點的愛情，愛情不也是人的情感之一嗎？不是說發乎情、止乎禮嗎？怎麼愛情卻凌駕了世間的許多常規與理法呢？她不懂，但不敢再問，因為處在這樣的愛情裡的，是不容他人有絲毫置疑的小桐。

從公車站牌前走開，小桐已經到了換車的地方，肩膀上是一大袋畢業製作的瑣碎東西，她跑了一天，去幾家印刷廠比價，也看了色票，發現平常學校所學的內容，到了業界其實大有出入，有很多老師們以前講的東西，都太偏向理想，而忽略了實務操作中可能遇到的狀況。

很想打個電話給徐子尚，跟他吐吐苦水，不過轉念又作罷，愛情存在的價值與意義有很多，互吐苦水雖然也是其中之一，但她不想老是把愁雲慘霧的心情都推給別人，平常拿畢業製作的問題去煩他，這樣已經夠了。

當她打消了撥電話的念頭後，加快腳步，在天空烏雲漸漸聚攏時，終於回到租賃的地方，這兒跟徐子尚所租的那種套房相差無幾，只是稍微新了點，而且房東就住在附近，在妥善管理下，一切顯得非常乾淨整齊。她回到公寓樓下，掏出鑰匙，才剛開門，忽然聽見背後有人叫她，徐子尚騎著機車，頭戴安全帽，掀開蓋子，他揮揮手，又指指懸掛在機車前面的小紙袋。

「你怎麼跑來也不打電話？」納悶著，卻也驚喜，小桐快步又走出騎樓。

「順路嘛，想說碰碰運氣。」

「那你運氣倒好，我剛到家。」說著，小桐把手往後一比，問：「要不要上去？還是你肚子餓不餓，我陪你去吃飯？」

「不了，晚上還有事，推不掉，妳知道的。」徐子尚搖頭，他把紙袋遞給小桐，上面印著台北一家知名蛋糕店的標誌，「這個先給妳，晚一點我過來，我們再一起吃。」

「買這麼貴的，你發財啦？」詫異著，她還沒打開袋子，一接過手就感到相當的重量，「可以早一點來嗎，我們一起吃晚餐？」小桐問，但徐子尚表情有些為難地搖搖頭。

她只好帶著微笑跟匆匆又離去的徐子尚道別，約好了晚點碰面，只是會有多晚，卻是誰也說不準。獨自上樓，不是沒有半分失落感，甚至樓上也早已準備好了禮物，其實這一天是徐子尚的生日；但她沒有生氣，也不斷告訴自己，千萬別有任何情緒上的負面表現，徐子尚的箇中掙扎之處，小桐其實是明白的，而對比於今天下午跟郁青說的那些，她在一步一步踩上樓梯之際，卻感到萬分諷刺。什麼是無比純粹的愛？什麼是拋棄世俗觀點後，才遺世獨立而無瑕的愛？她告訴郁青，說自己追求的原來是一份這樣的愛情時，口氣何等孤傲桀然，然而那代價呢？代價就是自己心愛的男人今天生日，他跟別的女人吃晚餐去了，而自己卻只能望著冰箱裡那男人買的一塊蛋糕，一邊黏著畢業製作的手工。

然而整個晚上，對於這份極需要耐性的工作，她卻一點也靜不下心來，早知道丟給郁青算了，也省得自己如此不耐。她時而停下手邊的作業，去冰箱拿點飲料，或者上網瀏覽各種網路購物頁面，好不容易等到晚上十點多，整晚都很安靜的電話忽然響起，徐子尚說他現在要過來。

「蛋糕如何？」電話裡，他問。

「看起來口感應該不錯，但是分量有點多，只怕我們一起吃也吃不完。」她說。

「上面新藝術彩繪的圖案如何？我特地請蛋糕店的師傅照著慕夏的風格去畫的。」

「慕夏？別開玩笑了，一塊蛋糕在你機車上搖搖晃晃，我拿上來一打開，它都只剩下培根的變形畫風了。」小桐忍不住笑，她知道自己必須笑，不管笑得再乾再苦，總之這是個應該得笑的夜晚。

約好了，十五分鐘後下樓開門，小桐把滿地凌亂的東西暫時收到角落去，她對著鏡子，稍微整理了頭髮，也換掉身上那一套皺巴巴又褪色的睡衣睡褲，改穿比較休閒而好看的運動服，同時還洗了把臉。

最後這一個小時是留給我的嗎？我能得到的，就只有這一個小時嗎？她在電話中聽到徐子尚談笑過後，聲音裡的一點寂寥之意，猜想他的生日晚餐吃得並不開心。梳理完畢後，坐回電腦前，她稍微沉澱了一下自己的心情，希望半刻鐘後，能呈現給自己心愛的男人最好的那一面，哪怕只是一個小時也好，一個小時就有六十分鐘，換算起來等於三千六百秒，她希望這一天快要結束前的三千六百秒都充滿喜悅，能讓徐子尚在這個生日畫出完美的句點，也希望自己可以盡情把握這珍貴的美好時光，其他的，或許就不該再苛求了。

一邊想，小桐一邊隨手點動滑鼠按鍵。

這樣的動作是不是有意的，她自己也不清楚，但看著看著，在那等待的過程中，她的心情卻逐漸黯淡了下來。從徐子尚那邊一路連結過去，她看到了蓉妮的臉書，今晚新增了幾張照片，是她跟徐子尚一起吃飯時所拍攝的，背景是一家氣氛應該不錯的餐廳，餐桌上的食物跟碗盤也很有質感，而主角兩個人笑得挺開心，徐子尚用精緻漂亮的小湯匙，舀起一小塊蛋糕，蓉妮在輕啟朱唇要吃下時，一隻手拿起相機，拍下了兩個人開心的畫面。小桐看得出來，那跟她今晚吃到的，是相同款式的蛋糕，差別只是他們桌上那一塊很完整，而自己拿到的那一塊則七零八落。

「今晚是不是後來不開心了？」十五分鐘後，徐子尚撥了小桐的手機，她剛關掉電腦螢幕的畫面，也把電腦喇叭關小聲，張宇正在唱好久以前的一首〈回心轉意〉。

「一頓飯沒吃完，差點連桌子都掀了。」電話中，他倒先嘆氣了。然後，小桐按下了樓下大門的開啟按鈕。

「你怎麼會是我的幸福，我竟如此的盲目。」

我知道這是盲目的，但我願意。

那塊蛋糕最後果然沒吃完，小桐用湯匙舀了邊緣有些破損的地方，也吃了一些上面鋪飾的水果，但那畢竟太膩了，自己又沒有大啖甜食的習慣，所以很快就停了下來，倒是徐子尚吃了不少，他像是在報復什麼似的，大塊大塊地挖著。小桐沒有問，但他自己說了，晚餐是蓉妮訂的餐廳，本來還有說笑幾句的，然而吃不到一半，卻談起徐子尚的經濟問題，主因在於徐媽媽找了兒子幾天都沒消息，電話打到蓉妮那裡去，還跟她說了兒子保險費、生活費都沒給的問題，請蓉妮代為轉告。

「就這樣？」

「就這樣。」徐子尚攤手。

「但那如果是你的保險，那你媽來跟你要，這也很合理吧？」

「我連保險內容是什麼都沒搞清楚過，保單也是當年我媽替我決定、替我簽名的，保險受益人是誰我都不曉得。」徐子尚搖頭，「我甚至到底一年幾萬塊的保費是繳給哪家保險公司都不清楚，妳說這筆錢誰拿得心甘情願？」

「那生活費呢？兒子孝敬父母不也天經地義？」

「我媽一個人住，有自己的房子跟工作，存款簿內容大概比我多五個零，但是每個月還跟我要一萬五的生活費，這老太婆是鑲金的嗎？」

「噢。」咋舌，小桐決定閉嘴，但轉念想想也不對，又問：「那，她為什麼還幫著你媽說話，難道她不曉得這些不合理的事？」不想指名道姓說出蓉妮的名字，小桐只用了一個「她」字。

「好笑的地方就在這裡，」徐子尚苦笑說：「對一個月領五萬多塊的品牌部經理來說，那些在她眼裡不算什麼特別大的開支。」

沒再說話，點點頭，小桐給了徐子尚一個安慰的擁抱。

一整晚，小桐沒怎麼睡，她打開平常為了節省電費而不捨得多用的冷氣，徐子尚怕熱，一張小床擠了兩個人就連翻身都有困難，而這是徐子尚頭一次在這裡過夜。她忽然覺得心裡好矛盾，不時睜開眼，只見眼前的男人閉著雙眼，呼吸變得勻緩，已經漸漸睡著。小桐看著他，仔細端詳這男人的五官，他的眉毛並不粗，但有好看的曲線，睫毛也不長，只是恰到好處而已，至於鼻子則大了點，瞧著還挺福相，嘴型呢，算是中等的吧，並不特別迷人，但說也奇怪，他的吻卻總讓人有種甜甜的感覺。小桐想起那次在徐子尚工作室的頂樓，那是他們第一次接吻的地方。這個男人整體而言並不算很帥氣，就連睡著時，偶爾也會皺皺眉，像是夢裡也遇到什麼不愉快的事情似的。

她喜歡看他的睡相，喜歡這種佔有他的感覺，只是不免也要感慨，除了幾次相偕出遊之外，自己所能分享到的，關於徐子尚的世界，那是何其有限，卻又充滿了苦難呢？徐子尚畫不出圖時，會打電話跟她訴苦；跟正牌女友吵架了，會向她抱怨；甚至連這陣子生活拮据了，也只能把這種丟了穩定工作不要，卻自立一座風雨飄搖的門戶的甘苦對她說說。

我可以跟你多要一些快樂嗎？小桐心裡偷偷地想著，不要多，就像一般的戀人那樣就好，把一些你的快樂也告訴我，好嗎？不是你對蓉妮所粉飾出的那種太平樣貌，而是真正發自內心的快樂，那些，可不可以也分給我一些呢？她怔怔地看著眼前的男人，但他沒有回答，過了好半晌，徐子尚忽然醒轉，悠悠地睜開眼睛，發現眼前的女孩還醒著。

「怎麼不睡？」他輕輕地問。

「我好像忘了跟你說生日快樂。」小桐說。

「已經過十二點很久了，生日早就過了。」他抱著小桐，在她額頭上輕輕一吻，「快樂不是生日這天才需要的，對吧？」

是呀，快樂不是生日這天才需要的，但如果連生日這天都不快樂，那人生是不是就悲哀到極點了？小桐覺得慶幸，起碼徐子尚這個生日的最後一個小時裡還有一點開心的感覺，而這開心的感覺是她給的，只是，這種慶幸未免太卑微了點。

聽說有颱風要來，學校裡做了不少防颱準備，難得才有一個侵襲北台灣的颱風，跟每個人一樣，小桐心裡也期待著颱風假，反正大四這一年，也沒幾個老師願意認真上課，大家關注的焦點都只在畢業製作上面。很多大學四年級的學生會提早開始準備就業計畫，但設計系卻不行，畢業製作已經讓每個人焦頭爛額，大部分人都在走一步算一步的狀況下，戰戰兢兢地過活，誰還敢想到未來要怎樣？

小桐的製作雖然掌握到了發展方向，展開圖也已經定稿，但剩下的全都是瑣碎的工作，許多要黏貼到主體包裝盒上的東西全都得靠她跟郁青兩人手工進行，為求更簡化，她又跑來找河豚老師，無奈的是老師沒提供太多意見，反而提醒她要認命，該做的就是得做，想逃都沒得逃。

「做了這些，你們就會知道，設計這條路絕對不好混。」河豚好整以暇地坐在吸菸區的椅子上，一邊抽菸，一邊說：「大部分的人都以為做設計很簡單，圖畫一畫，丟給廠商處理就好，這哪有那麼輕鬆呢？妳怎麼知道自己以後一定是坐在椅子上畫圖的那一個？搞不好工作應徵到印刷廠去，屆時妳就有折不完的紙盒。」

「早知道大二就轉系了。」小桐懊惱地說。

「放心啦，也不是每個設計系畢業的學生都會吃這行飯，男生才要怕入錯行，妳們呀，只要別嫁錯郎就好。」

「那萬一嫁錯了怎麼辦？」小桐邊說著話，還不忘從她的背包裡拿出一堆紙板來，她最近已經養成走到哪就折到哪的習慣，深怕耽誤了進度，「這樣比起來，當男生可好了，入錯行，遞一張辭呈就可以走人，女生嫁錯了可就完了。」

「嫁錯了就跟我以前一樣，離個婚而已，這還不簡單？」對自己私事從來都很大方公開的河豚說：「簽個名，什麼都搞定了，比寫辭呈還簡單。」

「就是有你們這種連生活都太藝術的人，社會才會動盪不安的吧？」小桐忍不住調侃，反正師生間除非遇到需要認真以對的大評場合，否則大家早就沒大沒小慣了。

「開什麼玩笑，離婚也是有好處的。把不對的、不好的、不適合的怨偶都拆散了，勞燕分飛後才有可能再找到更適合的對象呀，社會動盪不安的問題應該找總統跟行政院長去討論，至於我，我可是促進兩性和諧的專家哩。」

「你？」小桐嗤之以鼻。

「我教妳一個最簡單的道理，對付男人呀，千萬別跟那些無知的小女生一樣，只會亦步亦趨地跟著對方的腳步，要知道，男人對回頭就看得見的女人，是從來也不懂珍惜的，妳跟那麼緊，他不要說回頭看了，光聽腳步聲都知道妳就在那兒。妳說，誰會吃飽撐著沒事幹，就回頭去看看自家車庫有沒有別人跑進來亂停車呢，對吧？真正聰明的女人，就應該學會欲擒故縱的技巧，他要往東走，好呀，那就讓他去嘛，妳偏偏往西走個幾步，讓他知道，原來妳也是個有想法的女人，這樣就對了。」

「都分道揚鑣了還有戲唱嗎？」小桐有些狐疑。

「有人告訴妳一往西就火力全開地衝刺嗎？」河豚瞪眼，說：「走個幾步就好，妳的男人發現妳沒跟上，他自然就會乖乖回頭來找妳，到時候，主客易位，領頭羊就換人當了。妳千萬別傻傻地就往前跑，萬一真離得太遠，他回頭找不到妳，小心這男人就真的放棄，改找別的女人去了。」

「別開玩笑了，誰知道要走幾步才算剛好呀！」小桐抗議。

「孩子，這種本領是很講天賦的，就跟設計一樣，」河豚老氣橫秋地吐出一口煙，還說：「加油，好嗎？」

我在愛情裡從不是有天賦的那種人，我只知道，你在哪裡，我就在那裡而已。

對於河豚那套莫名其妙的理論，小桐不置可否，她當然能認同這種為了愛情而耍點小手段的方式，畢竟這種事以前自己也幹過，而且規模跟牽連影響都比什麼欲擒故縱那一套要來得大上許多，她不太認為自己需要對徐子尚這樣做，以前會耍那些心機，圖的不就是這份愛的感覺，既然都已經在一起了，又何必再搞什麼小手段？只是轉念她又想，其實河豚說的也何嘗不有些道理，這些日子以來，都是她找徐子尚的多，而對方卻大多只在心情不好時，才需要她這個避風港。

如果我幾天不理他，那會怎麼樣呢？小桐心想，那也並無不可，反正最近郁青幾乎每天都來，也常待到三更半夜才走，兩個人窩在小房間裡，不斷做那些跟家庭代工沒差別的黏貼工作，她搞不懂的是，畢業製作明明只需要一份參展的成品就好，到底同樣的東西黏幾百組要做什麼，真的會像上課時河豚說的那樣，這些東西到了世貿去參展，就會獲得廠商青睞，甚至現場偷偷零售一下，賺回一點成本嗎？

「妳怎麼又發呆了？」郁青已經黏到手都快長繭了，本來手藝不是很靈巧的她，在分配到比較簡單的工作，又做了好幾天後，現在已經順手很多，速度也比以前快了不少。她雖然在手作方面不是很靈活，然而卻有電腦繪圖的長才，多虧了她，小桐有些設計圖稿方面的問題都能輕易解決，只是這同時也有壞處，就是讓小桐沒辦法拿這些問題藉故去找徐子尚。

「阿愷最近還有找妳嗎？」不想多聊徐子尚，小桐轉而問起另一個人。

「沒有呀，他不是在當兵嗎？應該不常有空可以上線吧？」郁青搖頭。

沒再多說，不想節外生枝，小桐只是微微點頭，她比以前更想不起楊成愷的長相了，那好像是上個世紀的故事，早已塵封在歷史的大木箱子裡，鎖頭生鏽，而鑰匙已經遺失。

角落有一堆她們今晚一起黏好的半成品，晚上十一點多，肚子開始微微地餓著，又變成跑腿角色的郁青自告奮勇下樓去便利商店買消夜，小桐則看了看手機，決定按耐住想打電話的心情。

跟前兩天晚上一樣，她都在郁青回去後，猶豫了良久，甚至把手機藏進抽屜裡，唯恐自己的意志出現動搖，只是當夜深人靜後，手機震動聲傳來，她又不等電燈打開，急忙衝下床去，就怕徐子尚多等一秒鐘。

那今晚呢？今晚你是不是又等不到我的電話，才會自己打來？小桐心想著，時間還早，應該還得等上幾個小時，習慣熬夜的徐子尚才會出現，就像迷霧中的一盞燈光，讓吃飽撐著沒事給自己找罪受的小桐有了方向。她想到這裡，決定又跟前幾天一樣，把電話收起來，然而手才剛伸出去，電話忽然早一步震動，還讓她吃了一驚。

「今天好早就打電話，怎麼了？」

「幾張圖來來回回，修修改改，快被煩死了。」徐子尚的聲音裡透著疲倦，問：「現在去找妳，一起吃晚餐，好嗎？」

「都幾點了，還沒吃飯？」小桐驚訝。

「哪有時間跟心情呀。」徐子尚說他忙了一整天，等注意到自己肚子原來奇餓無比時，都早過了正常的吃飯時間，現在他很想吃永和豆漿。

幾乎就要點頭答允，但在一瞥眼看到地上那堆東西，想到郁青還沒回去，也想到河豚說過的話，她牙一咬，強忍下自己的意願，卻說：「今天可能也不行，郁青還在我這裡忙。」

電話那頭有片刻的沉默，徐子尚無奈地接受，掛電話前，小桐不忘補上幾句安慰，同時也提醒他趕緊吃飯休息。

「我很想妳。」最後，他說。

「我也是。」而小桐在沒人看見的小房間裡點點頭，輕聲地說：「我也很想你。」

到底為什麼，兩個彼此想念的人，卻要隔絕在不同地址的兩棟公寓裡，彼此遙相思念呢？小桐無法理解，卻忽然想到大一國文課裡讀過的一篇小說，是張愛玲寫的〈傾城之戀〉，她已經忘了故事的具體細節，只記得那是兩個彼此分明有意，卻要若即若離去折磨對方，加深對方的思念之情的一個故事，這到底是基於什麼理由呢？看看手機上的時間，又是一天即將結束，一個人的一生當中，要這樣浪費多少個一天？而這樣的結果是什麼？不就是縮減了兩個人的甜蜜時光，難道有意義嗎？她感到茫然，把手機放回抽屜裡，不敢再看一眼，就怕看了，會忍不住想結束這個無聊的遊戲，就真的約了徐子尚一起去吃永和豆漿。

本來預估這個星期要完成那些手工黏貼部分的，下次大評在即，好幾位老師都拭目以待，想看看重新改版後的梳妝台喜餅包裝設計將呈現什麼樣的面貌，但偏偏天公不做美，眼看著兩人合力，事情要做完應該指日可待的，結果颱風漸漸逼近，才剛在宜蘭登陸，然而台北已經出現風雨，為了安全起見，她叫郁青這兩天先別跑。

只剩自己一個人，現在該怎麼辦呢？當她獨自一人面對那堆東西時，頓時失去了動力，郁青的存在價值原來不是工作進度的加倍，而是讓小桐能靜下心來做事，現在她聽著外面呼號的風聲，伴隨著陣陣落在遮雨棚上的響亮雨聲，一個人竟不知該如何是好。

大約一個多小時前，爸媽來過電話，提醒她做好防颱準備；而約略半小時前，徐子尚也打來過，叫她預先拿好手電筒或蠟燭，免得停電時會手忙腳亂，本來他想過來一趟的，然而小桐卻婉拒了，一來擔心路上有危險，二來，儘管她很想在這種夜裡能有徐子尚陪在身邊，然而她不能預料的是蓉妮會不會牽絆住這男人，而最主要的，是她還沒忘記河豚說的那些，也還沒把那種想見面的欲望累積到最高點。

「如果有什麼事，妳就隨時打電話給我，知道嗎？」徐子尚是這樣交代的。

有什麼事就打電話，但是打了又怎樣呢？你就會飛奔而來嗎？如果她在你那裡，別說跑來了，只怕我一通電話打過去，你連接都不能接吧？小桐苦笑地想。

「如果沒事的話呢？難道沒事就不能打電話了嗎？」忍不住，她想這麼問。

「當然可以，我晚上會在家畫圖，就等妳電話，好嗎？」徐子尚似乎沒聽出她語氣裡的幽怨，還開玩笑地說：「如果颱風要把妳吹跑了，記得打給我喊救命，好嗎？」

她沒準備任何防颱應急所需的東西，反正房間裡本來就有一支手電筒，那是老爸之前買給她的，又粗又長的傢伙，不但可以照明，遇到壞人闖入還能拿來當防身武器，就擱在床尾，一次也沒用過。除此之外，她認為什麼也不用買，反正不過是一晚上的颱風而已，就算屋子裡沒東西吃也餓不死人，還有什麼好擔心的？

夜已經深了，無心工作，把所有的工作材料都推到一邊去，抱著一本雜誌，縮在床上看著，雜誌內容全是些無聊的保養品廣告宣傳，那些老生常談的保養方式，難道不能有一點別出心裁的詮釋方式嗎？這種雜誌其實很沒營養，只會擺在髮廊裡，讓無聊得半死的女人們用來打發時間，真不知道裡頭寫了一堆保養品的分子式做什麼？是想逼那些做頭髮的女人都睡著嗎？她實在看不下去，早知道不該相信郁青，說什麼可以拿來當品牌選擇的參考，把雜誌丟一邊去，順便在心裡臭罵編寫那些爛內容的編輯一番，聽著外頭呼號的風雨聲，她轉而下床，正想去拿手機，順便打開電視，起碼玩玩手機遊戲，或者聽聽颱風動態也好，結果腳剛落地，就在同一時間，屋子裡忽然一暗，電力頓失的當下，她腳底板一痛，不曉得踩到了什麼東西，整個人差點摔下床去。

直徹心扉的疼痛讓她站立不住，蹲下身來，在漆黑中用手一摸，只覺得濕濕黏黏，看來已經流血，再往旁摸幾下，果然摸到一把沒收好的小剪刀。她咬著牙，心裡罵了幾百句髒話，本以為東西都收妥了，怎麼會漏了這把小剪刀呢？忍著痛，拖著腳步到桌邊，就著手機的微弱燈光，從書桌抽屜中翻找出急救藥品，這下可好，電視也不用開了，而手機的電力也只剩一半不到，爬到床尾，手電筒還在，只剩沉甸甸的金屬還有點重，而不幸的是，原來裡面根本沒裝過電池，她哭笑不得，長嘆一聲，把手電筒扔到一邊去，看樣子除了把腳包紮好之外，自己真的沒半點事好幹了。

花了好半天工夫，把傷口清理了一下，再隨便包紮包紮，草草了事後，她只覺得倒楣至極，無奈地躺到床上，外面是一片漆黑，沒有鐵窗的遮蔽，好像不斷有小東西被強風刮起，打到玻璃上面，她有一種不妙的直覺，也許最好遠離那片窗戶，或者就學學人家商店或百貨公司那樣，拿塊大膠布，在玻璃上貼個叉叉，搞不好也是一種辦法。想到這裡，她翻個身又下床，書桌最下方的抽屜裡有各式各樣的膠帶，隨邊挑一捲也能派上用場，不過人算不如天算，她才剛摸到膠布而已，就聽到磅啷一聲大響，公寓外面本來懸掛著隔壁樓下眼鏡行的招牌，那招牌在颱風的威力橫掃下，本就老舊腐朽的鐵架應聲而斷，一片壓克力招牌晃了兩下，撞上了小桐房間的這面玻璃窗，瞬間玻璃碎裂滿地，雖然沒有命中離窗口有點距離的她，但伴隨而進的風雨卻瞬間飄上了她的臉，當下一陣濕冷立刻侵襲而來。

「救命呀！」所有的堅強與勇敢這當下已經全部潰堤，她大聲尖叫，再顧不得腳底板有多痛，急忙退縮到廁所裡面，手裡緊緊抓著電話，第一個念頭就是要打給徐子尚，然而電話撥了兩通，卻怎麼也撥不出去，她急得連眼淚都掉了下來，連忙又從通訊錄裡找到房東的電話，是了，打給樓上的房東才對，找徐子尚幹嘛呢？她顫抖著手，按下了通話鍵，電話接通之際，房東也已經聽到了那聲巨響，急忙問她有沒有事。

「窗戶，窗戶破了，雨都飄進來了！」她大聲叫嚷著。

房東大吃一驚，要她千萬遠離那些碎玻璃，還說會馬上下樓處理。掛掉電話後，小桐忍耐著痛，跛著腳走到門口，鬆開鉸鍊，開門出去，發現外面居然靜悄悄的，這層樓的幾個住客都是女生，她們竟然在颱風到來前早都已逃散一空。樓梯間有緊急照明燈，淡淡的白色燈光把整座樓梯映照得鬼氣森森，幸好剛剛招牌砸落的聲響驚動了不少人，樓下偶爾傳來人聲，才讓她少了點驚懼，但她再仰頭看看，房東明明就住在樓上，怎麼等了好半晌卻還沒下來？她猶豫著要不要再打一通電話，正在焦慮，又擔心雨水潑灑進來，會把自己的房間弄髒，更怕吹壞了那些好不容易做好的半成品，忽然有陣急促的腳步聲從樓下傳來，小桐愣了一下，還以為房東怎麼跑到樓下去了，結果兩個轉彎，賣力跑上樓來的，卻是上氣不接下氣的徐子尚。

「你怎麼來了？」目瞪口呆，小桐望著還穿著雨衣，但滿臉都是雨水的他。

「才剛停好機車，媽的，招牌就掉下來了，差點砸到我。」還喘個不停，徐子尚也是一臉驚魂未定的樣子，說：「妳說什麼都沒準備，我就知道一定會有問題……」大口喘氣，徐子尚看看小桐的腳，還有鮮血不斷從白色的紗布裡滲漏出來，急忙蹲下身去幫她檢查傷口，而與此同時，他身上的手機忽然響起。

「是她打的吧？你不接嗎？」出奇地冷靜，小桐已經忘了腳上的傷，卻隱隱有種心裡的刺痛感正蔓延開來。但徐子尚連拿出手機看一眼都沒有，他扶著小桐走進房間裡，先幫她把傷口重新包好，又脫下雨衣，用以充當遮雨的帆布，用膠帶貼在破碎的窗邊，暫時阻擋風雨，而後房東才姍姍來遲，見局面已經控制住，連忙安撫了幾句，他匆匆下樓又去看招牌掉落所造成的災情。

「你真的不接嗎？」徐子尚的手機又響，小桐坐在床邊，聲音平淡地問。但徐子尚沒有回答，他拿出電話，直接關機。

「我不是來這裡跟她講電話的，我……」把手機扔到桌上去，走到小桐身邊，彎下腰來，本來還想仔細檢查她的傷口的，但徐子尚一句話都沒能講完，脖子忽然一緊，熱燙的眼淚整個傾落，流過了他的臉頰，滑過他的頸子。小桐緊緊抱著他，除了哭泣之外，漆黑的屋子裡，就只剩下風雨聲而已。

我的假裝不在意，其實只證明了我原來如此在意。

我們是不是都在心裡描繪出了一片愛情的風景，
就傻得以為那已經是真實的風景？
我們是不是相信了自己對自己許下的承諾，
就天真得以為承諾將會兌現於美好的未來？
但我們都忘了，路，原來總有盡頭。

於是才在烈焰焚身時，驚覺那痛楚椎心刺骨；
才在分崩離析時，發現心是如此脆弱。
我忘了還有沒有一句能對你說的言語，
只記得你離去的那一刻起，
我的世界就從此覆蓋於永夜了。

「所以說，這世界上的各種技能，都有各自不同專長的人在負責，設計也好，畫圖也罷，也許你可以算得上是第一流的人才，但是如果說到煮泡麵，那你就不得不佩服我一下，至少在這方面，我也是出類拔萃、爐火純青得很。」一邊嘮嘮叨叨地說著，小桐手上的筷子不停在鍋子裡翻攪，她說：「你以為把所有材料通通丟進一鍋熱水裡面，這就叫作煮泡麵嗎？傻孩子，停止你天真的想像吧！」

「不要囉嗦，快點煮。」停止了畫圖的動作，把滑鼠擱到一邊去，徐子尚的椅子轉過來，面向電磁爐，正興味盎然地拭目以待。

「別急呀，水才剛開嘛。」小桐把泡麵裡的醬料包跟調味粉都倒進了水裡，一起煮開後，跟著將已經切好、洗好的青菜也丟了進去，同時動作很快地打了兩顆蛋進去，將它們全都攪在一起，變成了蛋花青菜湯。

「麵呢？麵呢？」徐子尚在一旁不停地問。

微笑著，小桐好整以暇，她等青菜煮得快熟，這才不慌不忙地將兩塊泡麵自袋子裡拿出來，輕輕地放進湯裡，並且用那些蔬菜覆蓋住，但奇妙的是，泡麵才剛下鍋，她忽然就關掉了火源。

「怎麼不煮了？」徐子尚納悶。

「好吃的泡麵不是『煮』出來的，那只會讓麵條整個爛掉而已，要用悶的才行。」說著，她開始指揮徐子尚去張羅碗筷，又說：「小子，這樣你學會了嗎？不是我自誇，老娘我開始煮泡麵的時候，只怕你還是個流鼻涕的小鬼。」

「我現在知道原因了，」徐子尚哼了一聲，「為什麼妳的身高只能號稱一六〇。」

「說得好，怕死的話，你今天的午餐就吃蛋殼吧。」小桐也哼了一聲。

頭一兩天，徐子尚顯得有些不習慣，這個不過三四坪大的小工作室裡，本來就沒有太多的閒置空間，除了電腦椅後方的一小塊地面，其他到處都擺滿了東西，而他在這樣的環境裡工作，也能夠心無旁騖，非常得心應手，但這兩天卻不同，他老感覺背後人影晃動，不時發出各種聲響，讓他三番兩次停下動作，回頭查看究竟。小桐除了那一大袋搬過來的手工要黏貼切割之外，她像是閒不下來似的，有時收收滿地的紙張或零碎的雜物，有時則打開衣櫃，把這男人最不擅長而隨便亂塞的衣服都搬出來又一一整理過，再不就到浴室去，打開蓮蓬頭，拿起小刷子，把浴室刷得乾乾淨淨，直到徐子尚在外面大呼小叫，要她注意腳上的傷口千萬別碰水，小桐這才心甘情願地出來。

「恕我冒昧說句話，你長這麼大以來，應該交過不只一個女朋友，難道從頭到尾都沒人要求過你，要注意生活環境的整潔嗎？」結束了浴室清潔後，小桐拿起抹布開始擦拭櫃子跟電視上的灰塵，也順便將地上掉落的毛髮撿拾乾淨，那些白色磁磚上的長頭髮其實都是她的。

「當兵的時候，班長才會要求這種事。」徐子尚搖頭。

「所以我有適當的理由懷疑，這些年來，你外表衣冠楚楚地在我面前走來走去，其實衣服底下都長滿了香菇，對吧？」小桐瞄了他一眼。

「怎麼可能呢？」徐子尚哈哈大笑，說：「是青苔才對。」

颱風之後，小桐自己的房間簡直跟災難片現場沒有差別，碎玻璃散了一地，再加上外面颳進來的樹葉之類的雜物，已經滿目瘡痍，依據房東先生的估計，那面窗子至少要兩三天才能恢復原狀，除了答應減免房租之外，他還包了一個小紅包給小桐壓驚。

為了等待施工期結束，她拿著紅包，收拾了一些生活所需的基本家當，還外加那一袋趕工中的畢製材料，只好上了徐子尚的機車。郁青也曾開口邀請，不過她想想還是作罷，一來她不想聽郁青講太多什麼合理的、理智的愛情價值觀，二來是郁青自從搬出學校宿舍後，挑選的住處一向都是價格便宜，設備卻相當破爛的地方，她實在住不下去。

只是話又說回來，待在徐子尚這邊畢竟有點風險，就怕吵完架後，已經冷靜下來的蓉妮會不會哪天忽然又跑來。小桐總認為還不到要逼眼前這男人做抉擇的時候，儘管她並不擔心勝算如何，然而她卻知道，這是一個時機的問題，天性浪漫的徐子尚跟凡事講求實際的蓉妮，他們缺乏的就是一根壓倒駱駝的最後稻草，那根稻草還沒出現前，這種不穩固的關係總還能維持一定的平衡，她必須小心留意，找出這個契機。

如果不考慮到那些煩人的事，當然待在這裡還是讓她開心的，這個男人太需要一個後盾了，不必擅作主張替他規畫人生方向，只要像現在這樣，照料他的起居就好。徐子尚不諳家事，很多事是做不來的，他有許多天馬行空的想法，也實行在現實生活中，這些奇怪的行徑，包括他清空了工作室裡的冰箱，居然在裡面塞了一堆不看的雜誌跟瑣碎物品，而幾件老舊不穿的上衣，他把衣服上的圖案沿邊裁下，那些全都成了裝飾牆壁的東西，東一塊西一塊的，貼得到處都是，唯獨沒有被那些奇形怪狀的布塊給遮住的，是徐子尚又讓它們顯現出來的、小桐之前在牆壁上畫的兩幅畫。

「如果有那麼一天，人們在歌頌著肚皮舞的新形態表現手法，那麼，徐子尚這三個字應該要列入他們的褒揚名單中。」小桐躺在床上休息時，忍不住把上衣掀開來，露出了肚子吹電扇，本來在一旁用電腦繪圖的徐子尚瞥眼見了，居然拿起筆筒裡的細字筆，窩到床緣邊，就在小桐的肚子上亂畫起來，他把小小的肚臍眼當成鼻子，在兩側上方各畫一顆圓亮的大眼睛，又在她的下腹部畫出一張大嘴。

「這是畫男生還是女生？」小桐只覺得奇癢無比，一邊扭動身體，一邊問他。

「男生好了，這樣下面的毛剛好可以當鬍子。」說著，他又想拉下小桐的短褲。害羞的她急忙縮身，不讓徐子尚得逞。

拉拉扯扯中，小桐正在床上沒處逃，還好徐子尚的手機剛好響起，徐媽媽一通電話打來，就說要給兒子介紹生意，原來是有一筆傳單跟名片的設計工作，她受友人委託，要找自己兒子來做。又笑又喘，小桐本來慶幸自己逃過一劫，又開心徐子尚接到新工作，卻看到徐子尚報出價碼後，又講沒幾句，臉色卻逐漸沉了下來，最後還撂下一句：「要我用這種價碼畫圖，不如叫我去死算了。」說完，他直接掛了電話。

「怎麼了？」拉好衣服，坐回床邊，小桐納悶地問。

「妳知道一個名片設計的案子，在台北值多少錢嗎？起碼八百；那妳知道一組總共五張的傳單設計值多少錢嗎？最少兩千。而包括我媽在內，這些傢伙們認為只是幾張圖，隨便畫一畫就是設計，他們開價多少？」徐子尚比出拇指跟小指，說：「總共只有六百。」

「六百？」小桐啞然失笑。

「我寧可餓死在路邊，也不想糟蹋自己的價值。」徐子尚搖搖頭，說：「這世界上有很多東西都一樣，當它們被秤斤論兩來議價時，就已經徹底失去所謂的價值了，而倘若被議價是非不得已的，那麼，至少要尊重它們的存在意義，不要侮辱了它們的價值。」

「比如設計。」小桐點頭。

「也比如愛情。」原本臉色沉重的徐子尚忽然露出頑皮的一笑，抓起畫筆又往小桐身上靠過去，而這一回，她沒有再閃躲，卻笑著任由徐子尚褪下了她的衣褲。

我相信，美好的事物，要留給懂得欣賞的有眼光的人。

於是我萌生了三天不洗肚皮的念頭，為了你。

27

接到電話時，徐子尚有種慶幸的感覺，他剛送小桐回去，那面破掉的窗戶修補完成，儘管還想繼續賴在工作室裡，但大評已經迫在眉梢，實在沒時間再拖下去，小桐雖然不情願，還是得帶著那些材料，跟郁青又約時間繼續趕忙做活。

騎著機車離開，不約在工作室，那裡還有小桐的東西，徐子尚怕收不齊全會露出馬腳，他決定約在蓉妮公司樓下。天氣很好的日子，陽光耀眼，距離東北季風開始影響台灣應該還有一段時間，他的舊機車騎不快，正好慢慢兜風，下午兩點而已，蓉妮已經提早下班。

會不會見了面又要吵架？自從離職後，他每次跟蓉妮碰面，就算約會的原意很好，就算開頭還算順利，但不知怎地，總是沒辦法好好談話，每回約會總是不歡而散，而吵架的原因十之八九都跟工作與收入有關。錢其實也不是什麼大問題吧？那些住在鄉下的人，他們看天吃飯，自耕自種，過的是多麼簡樸的日子，又何必需要賺那麼多錢？他想起上回跟小桐一起到石碇的鄉間，在那裡看到的種種，也想到小桐跟他的承諾，頓時心裡有種甜甜的感覺，而把那種感覺拿來跟眼前車水馬龍、空氣髒得要命、每個紅燈好像永遠都不會變綠的台北市相比，簡直天壤之別。

「又遲到，每次都要讓我等，你都不會不好意思的嗎？」嘴裡雖然有些嘮叨，但一向急性子的蓉妮今天似乎並不怎麼生氣，說著，還從皮包裡拿出一個小禮物盒，遞給了徐子尚，又說那是上次沒給的生日禮物。

「禮物還有補送的嗎？」苦笑著，徐子尚一打開，臉上卻是一變，那小紙盒裡裝著的是一條價值不菲的項鍊，有一條細緻的鍊身，跟雕工精細的藤蔓纏成十字架造型。

「你最喜歡的，新藝術風格。」蓉妮說話時，徐子尚詫異地抬起頭來，這才發現，蓉妮身上穿著的，一點都不像她平常上班時的隨興自在，而是比較正式嚴謹的套裝，同時臉上也多了一點脂粉裝扮，展現出十足的成熟女人韻味。

「妳今天怎麼特別打扮過了？」

「早上有一場座談會，本來就需要一點妝，而且，今天主要是有點事情想跟你談，我想，或許正式點比較好。」蓉妮說著，她揮揮手，叫已經走過來要點餐的服務生先退開，看著徐子尚，她說：「前幾天晚上，你媽又打電話來我家，但不是找我，而是找我爸。」

「找妳爸幹嘛？」皺起眉頭，手上還捧著禮物盒，徐子尚隱隱不安，總覺得話題只要扯上雙方家長，肯定都沒好事。

「兩個老人家還能談什麼，這你一定很清楚了。我爸掛完電話後，跟我講了一堆有的沒的，主要是在怪我的個性太急太硬，只想把重心放在工作上，而忽略了一些跟你有關的部分。雖然我不是很贊同他們的想法，但那些其實也不是完全都沒道理，所以……或許……」講話一向流利的蓉妮，這時忽然有些找不到合適的措辭，她猶豫了一下，才說：「這條項鍊，我希望它能代表一些心意，可能這陣子以來，我自己的情緒也不太穩定，你知道，工作壓力真的很大，尤其你不在之後，設計部的東西真的不能稱之為作品，我光自己的業務就焦頭爛額了，還要分神去管他們，那真的很累。也許因為這樣，有時候我跟你講話的口氣也不太好，甚至把氣出在你頭上，老認為現在之所以會這麼累，都是因為你自作主張離職所造成的，對不起。」說著，心高氣傲的她很難得地低頭道歉。

「如果單以生日來說，這可能是我收過最貴重的禮物，但其實，這裡面還包含了妳的歉意跟補償，是嗎？」徐子尚不曉得此時該用什麼表情來面對才好，他看著項鍊，抬頭又問蓉妮。

「當然，也包含了我爸，還有你媽所談到的那些。」蓉妮的聲音有點低，說著，她微微抬頭，看看徐子尚。

「他們希望怎麼樣？」

「我爸怕我嫁不出去，而你媽……很想抱孫子。」說到最後一句，蓉妮的聲音已經幾不可聞。

起先是一種哭笑不得的感覺，但後來就變得讓人陰鬱，甚至連最後一絲笑意都不見了。徐子尚呆愣了半晌，他不知道自己拿什麼錢辦婚禮，也不知道結婚之後要拿什麼來養一個家，雖然蓉妮已經說了，如果真的要辦結婚，她自己還有些存款可以支付，但就算度過這一關了，那以後呢？徐先生照樣在家畫圖，過著三餐不繼的日子，讓擔任知名食品公司的品牌部經理的老婆負責賺錢嗎？而且，小桐怎麼辦？

見他好半天沒說話，蓉妮忍不住問：「在想什麼？如果有什麼問題，你要不要乾脆拿出來講，兩個人一起想辦法，總好過你自己在那裡愁眉苦臉吧？我相信不管什麼困難，我們一起聯手，一定都能解決才對。」

「沒什麼大問題，我只是覺得……現在談這個是不是早了點？」躊躇了，徐子尚說：「妳也知道，我的工作室才剛起步。」

「如果真的結了婚，你難道還要繼續玩那個工作室？」蓉妮皺眉。

「為什麼不？」

這一問讓蓉妮停住，她看著徐子尚，看了半晌，才說：「我一直認為，結婚不是兩個人在身分證上多填了一個別人的名字而已，那代表的是一種承諾跟責任，同時也是一種必須改頭換面去迎接新的人生階段的意義，這你明白吧？既然如此，那你又怎麼認為單單靠著收入不穩定的工作室，就可以應付未來所有的生活開支？我們可以不生小孩，但一樣也需要穩定且長期的存款吧？你拿什麼來存？別跟我說你喜歡過這種興之所至，愛幹嘛就幹嘛的日子，你還得想想，以後的十年、二十年會怎樣，會不會需要買房子，要不要準備養老的錢，甚至，你爸媽會更先變老，他們總有一天會無法自己工作，更需要你的照顧，這些恐怕都不是你本來的生活方式所能應付的，如果你也有一份穩定的工作，我們的未來就很容易可以做出各種規畫，也不需要擔心這種朝不保夕的問題。」

「只要經營得好，開個工作室一樣可以大紅大紫。」其實已經心虛，但徐子尚嘴裡兀自逞強著。

「拒絕你媽給你的案子，這也算是一種經營嗎？」原來蓉妮已經知道了這件事，她說：「如果今天你是一個畫畫商標就淨賺五十萬的知名設計師，那你要不要開工作室都無所謂，但如果不是呢？你要不要等自己有了千萬身價之後，再來考慮要不要為五斗米折腰的事？」

「在妳的觀點裡，真的認為我就是做不到？」徐子尚忍無可忍地問。

「這問題別問我，你去問問自己的存款簿就知道答案了。」蓉妮嘆口氣，說著，她又從包包裡拿出一份牛皮紙信封，抽出裡頭的文件，那是一份對方已經用印的設計合約。

「這又是怎麼回事？」徐子尚愕然。

「結婚以後的工作問題，可以等真的結了婚再來想，但眼前的生計還是要顧，是不是？我前幾天碰巧遇上一個想找設計師的客戶，於是我冒用了你公司的名義，擅自幫你接了一筆生意，也談妥了價碼，對方都已經擬了合約，還直接簽好了，只等你點頭就好，這是個規模不小的大型設計案，要做的東西非常多。」說著，她把合約遞過去，而那上頭的數字讓徐子尚更加咋舌。

「我相信你是一把鋒利的寶劍，既然是寶劍，就不該拿來砍路邊的小草，在你還沒打算找家公司上班之前，起碼我可以幫你留意周遭的大樹，讓你發揮自己的專長跟興趣，對吧？」

「謝謝……」那瞬間，有些不曉得該不該繼續生氣的徐子尚只能囁嚅地點頭說著。

28

已經凌晨三點半，徐子尚強撐睡意，手指不斷點動滑鼠，在最後一張圖的線條上來回游移修飾，只要做完這一張，河豚老師牽線的那一整個系列就算全部完成，屆時會有一筆尾款進來，雖然不夠辦一場跟蓉妮的婚禮，但起碼夠他自己一個人吃上幾個月的自助餐，而蓉妮介紹的案子則還沒開始動作，如果做得來，那也會是一筆可觀的收入，將足夠他過上好一段日子。

忍不住又跑來的小桐，本來說要陪著一起熬夜，但她拿著剪刀裁紙的手，已經在虎口圈出了一圈紅腫，洗過澡，吃了消夜，又刷完牙後，躺在床上才看不到二十分鐘電視便沉沉睡去。怕將她驚醒，徐子尚躡手躡腳地去關了大燈跟電視，只留下電腦螢幕旁的檯燈，也幸虧他手上那是一顆安靜無聲的滑鼠。

晚餐吃的是麥當勞，小桐自告奮勇要請客付帳，徐子尚當時要了一杯黑咖啡，喝到現在，咖啡已經變酸，但他還是一口一口地慢慢喝著。

「大人們很奇怪，都喜歡吃苦的東西。」吃漢堡時，小桐曾說：「咖啡明明就是加了糖跟奶才好喝的東西，為什麼非得喝這種黑漆漆的不可？」

「人生要吃的苦很多，相較之下，這一杯黑咖啡又算什麼？」

「這不是很奇怪嗎，你都知道人生有很多苦要吃了，幹嘛連吃飯都不對自己好一點，喝杯咖啡都要這麼苦的，難道這樣就能證明自己是很能吃苦的大人嗎？」

「那跟大人或小孩無關。」徐子尚笑著。

「對，跟這裡有關。」小桐比比自己的腦袋，笑靨可人地說。

如果人生可以停留在永遠都這麼天真的時期就好了。暫時放下工作，伸了一個懶腰，徐子尚先打開抽屜，看看那份來自蓉妮的合約，但忍不住回過頭來，瞧瞧正沉睡的小桐。除了畢業製作，除了愛情，這年紀的小桐還有什麼需要煩惱的呢？多麼令人羨慕哪！他知道終有一天，小桐會畢業，會離開學校，投入職場後，她會遇到各形各色的人，也會碰到各種簡直怪力亂神的鳥事，那時她會明白，一杯黑咖啡的苦真的不算什麼。

他喜歡跟小桐在一起，除了這女孩的天真、活潑，還有她偶爾的知性與藝術表現外，更多的，是她像一座永不熄燈的港口，隨時為他這艘漂蕩的船隻準備停靠的一切所需，會有糧食、清水，有關心，有愛，而不會有任何與現實的經濟壓力有關的狀況。他知道這樣是不對的，但沒辦法，這種吸引力就跟手上那根菸一樣難戒。

所以他無法答應蓉妮對婚事的要求，那些美好的藍圖就像漂亮的空中花園，但伸出手來，他不確定自己能否搆得著。當初他剛退伍回來，第一個念頭就是經營設計工作室，但蓉妮抱持反對意見，反而極力邀請他到自己任職的公司上班，那時他們的感情還不錯，蓉妮在徐子尚拿到公司門禁卡的第一天，就訂了很棒的飯店餐廳，他們喝了瓶要價不菲的紅酒，談了很多人生夢想，蓉妮並不是那種非婚不可的人，但如果要度蜜月，她首選目標是義大利跟法國，而這心願，她說要等徐子尚跟她一起聯名的存款帳戶有了兩百萬後再攜手實現。

兩百萬，那個帳戶後來有多少錢呢？應該不到兩百萬吧？自己離職前，每個月就有一搭沒一搭地慢慢存，離職之後，租下這裡當工作室，每個月光房租就多支出一倍，哪裡還能儲蓄？倒是蓉妮沒有放棄，徐子尚知道，她每個月的薪水都有一筆錢會固定轉帳進那個戶頭。如果這是她存起來的，那自己又有什麼臉，用那筆錢，帶著她去旅行？

所以他喜歡現在的感覺，喜歡小桐睡在這張床上的樣子，至少，小桐不會問他一個月賺多少錢，他們可以只想像年老後一起騎電動輪椅去看病的畫面，卻不需要為了一頓飯到底能省多少錢而錙銖必較。

愛情是自私的，他一向明白這個道理，在愛裡不能要求公平，每個人都在依照自己的想法，想把自己的愛情給經營成想像中的模樣，但每個人想的可未必一樣，那誰該去配合誰？他隱隱覺得，或許自己終有一天會迫於生活上的無奈，如蓉妮所期望的那樣，再度踏進別人的公司任職，但不管是不是個領薪水的上班族，他希望至少還能擁有像跟小桐在一起時，這種無拘無束、天真爛漫的戀愛感覺，那是他已經好久沒有嚐到的滋味，也是唯一能讓他感到開心的滋味。

「還沒畫完嗎？」大概是被辦公椅旋轉時發出的咿呀聲給吵醒了，小桐蠕動了一下身子，慢慢睜開眼睛，卻發現徐子尚剛喝完那杯咖啡，正拿起香菸跟打火機。

「如果我的咖啡喝完了，卻還想再喝一杯，妳會怎麼做？」徐子尚問。

「現在麥當勞有二十四小時營業的門市，不然便利商店也買得到。」淺淺的微笑，小桐說。

「如果我的口袋裡一毛錢也沒有了，但很想買香菸，那怎麼辦？」

「明天我把我家的小企鵝撲滿帶來給你。」

「那，如果這世界失去了公理跟正義，是非不分、黑白顛倒，天下大亂了，怎麼辦？」

「噢，這個問題可能比較嚴重一點，」小桐掙扎著稍微半躺，背上靠著枕頭，側頭想了一想，說：「但這個問題關我們屁事？」

「不關我們的事嗎？」

「我只在乎你那張圖畫完了沒有，畫完了，就可以趕快來抱著我睡覺，我只在乎這種事而已。」

「這種事未免太小兒小女了吧？外面天都快塌了耶？」

「天塌不塌是另一個世界的事，對我來說，你抱不抱我睡覺，才是唯一需要關心的問題。」說完，她張開手，就等著要抱抱。而坐在椅子上的徐子尚，聽著聽著就笑了。

愛情之所以美，是因為活在愛情裡的人只在乎愛情。

他等了兩個星期，才終於拿到最後的尾款，在銀行的提款機補登存摺，確認金額無誤後，小心翼翼、珍而重之地把存摺跟印鑑都帶回來，收進電腦桌旁邊平常就上鎖的小抽屜裡，在放置存摺、公司成立證明文件的那個抽屜當中，還有蓉妮代為接洽來的合約，而合約的下方則有個小禮盒，裡面裝著徐子尚平常不怎麼敢打開來看的禮物，那份禮，他不知道自己是否承擔得起。

那麼，接下來該怎麼辦呢？他試著不去想那條項鍊及其背後龐大且沉重的含意，只想專心地思量之後的生計問題，新案子要趕快開始，早點開工、早點做完，才能早點拿到錢，否則就像蓉妮說的，這個工作室將會短命到不行。是呀，比較起來，蓉妮真的務實多了，她會從現實面去思考很多事情，只針對必要且實際執行上的策略方向，而不像自己，總被天真與浪漫給沖昏頭，不管是以前在公司裡，或是現在兩人之間儘管帶著一點距離，但在這種泥沼般的愛情裡依然尋求突破……想到這裡，徐子尚嘆口氣，看樣子自己根本逃不出蓉妮的影子。

在家裡東摸西摸了好久，始終沒有工作上的對策，又不想讓思緒老是轉呀轉的，就轉到蓉妮那邊去，他最後決定打通電話，已經下午四點多，按理說小桐已經下課了才對，電話接通，約好晚上一起吃飯，小桐說最近學校外面新開了好幾家餐廳，外觀看來都頗有氣氛，東西應該也不錯，徐子尚聽得心動，講好了六點碰頭。

他給自己挑選的是衣櫃裡其實也不多的衣服當中，比較整齊而素淨的衣服，看不慣以前那些同樣學設計的同學們老愛五顏六色的打扮，他從來都偏好這種單調的顏色。穿好衣服，拿了香菸、鑰匙跟皮夾，本來打算先出門去，就到學校附近的書店打發時間也好，然而才剛開門走出去，他卻聽到自己桌上傳來手機鈴聲，發現電話沒拿的當下，順手接起，蓉妮卻說她已經到了樓下，還有一盒需要冷藏的小蛋糕。

「這蛋糕是怎麼回事？」沒奈何，只好在樓上等蓉妮上來，徐子尚納悶地問。

「公司的下午茶。本來是不想拿的，不過想說是你喜歡的藍莓口味，而且聽說這家蛋糕很好吃，所以先給你拿過來，我還得趕著走呢。」樓梯間迴響著蓉妮腳下高跟鞋的踩踏聲，她走到門口，原本蛋糕盒交給了徐子尚，但轉念又說她想進去上個廁所。徐子尚看看時間還夠，他苦笑著掏出鑰匙，自己既然已經穿好鞋子，乾脆就只在門口等待。

「你正要出門？」裡面傳來開門、開燈的聲響，蓉妮脫下鞋子走進去，一邊上廁所還一邊問。

「去書店逛逛，妳呢？」

「六點半還要回公司開會，我只是出來辦點事，順便拿蛋糕給你而已。」

屋子裡有蓉妮說著話，同時也傳來沖水馬桶的聲音，又過一下，她一邊整整衣服，一邊走了出來，卻問：「你自己一個人去逛書店嗎？」

「不然呢？」

他不知道蓉妮怎麼會天外飛來這麼一問，因為有個不太愛看書的女友，他好幾年來早就習慣一個人逛書店，以前兩人有時候一起出門，蓉妮買起衣服來沒完沒了，徐子尚就會窩在書店幾個鐘頭也不嫌累，怎麼好端端的，她今天卻問是不是一個人去？

「你怎麼好像心不在焉的？」吃飯時，小桐疑惑地問。

「因為在想工作的問題呀。」徐子尚愣了一下，臉上還帶著微笑，說了一點工作上的隱憂，但表現出來的卻是自信，他不想把這些問題丟給比他更缺乏解決能力的小桐。

「放心，你一定會接到更多案子，只要慢慢累積，總能成為知名的設計師。」

「妳這麼認為？」

「從來沒有懷疑過。」小桐信心滿滿地說。

在焗烤飯上面撒上滿滿的起司粉，也不管什麼熱量或膽固醇之類的問題，大快朵頤的同時，又喝著請服務生提早送上的飲料，徐子尚腦海裡忽然想起，其實這是蓉妮最不贊同的飲食方式，她總說熱食跟甜的冷飲一起吃下肚，會造成什麼什麼化學反應，容易導致腸胃吸收變快，進而增加發胖的可能性，可是吃飯配飲料的習慣，徐子尚卻老是改不過來，而眼前的小桐也是，一口舖滿起司粉的焗烤剛吃進嘴裡，她已經又含住吸管，吸了一口冰涼涼的檸檬茶。

「聽說又熱又冷的東西混著吃會很容易變胖。」徐子尚忍不住說。

「別擔心，以後我給你換張大床，擠得下兩個胖子的那種。」小桐一說，讓徐子尚笑得差點連嘴裡的食物都噴出來。

是了，他知道自己愛的就是這種感覺，適性而為，沒有拘束，也沒有壓力，就這樣輕鬆地相處，就這樣在愛裡自由自在地活著，這就是他在小桐身上所感受到的美好。

吃完飯，從學校外的餐廳離開，又到附近的美術社逛了一下，雖不比永和那一帶的美術社一條街，但東西也不少，只是價錢貴了點。不過無所謂，反正兩人也沒打算要買什麼，瀏覽半天，最後結帳時，徐子尚兩手空空，小桐也只不過買了幾枝鉛筆而已。

「晚上要不要去我那裡？」徐子尚問，今晚小桐穿了一件低胸的粉紅色上衣，若隱若現的身體曲線一直讓他拴不住心猿意馬，只想把這個可愛嬌豔的小女孩摟在懷裡。然而小桐搖搖頭，她說畢業製作的東西還沒完成，而且晚上跟郁青還有約。

「真可惜。」臉上露出惋惜的表情，徐子尚還故意探頭往小桐胸前看看。

「少下流了，明天再去找你！」她趕緊拉了一下衣服。

學校附近的晚上很安靜，這兒距離大馬路還有一段路，牽著手，慢慢地走著，這時節已經沒有悶熱的夏夜晚風，只有清涼的秋意，這條巷弄的風景絲毫不在小桐心上，她很認真地感受著徐子尚掌心裡的溫度，也感受著那股溫熱裡，甜甜的幸福滋味，如果可以的話，她希望明天永遠不要到來，也希望這條巷子可以無止盡延伸，更希望兩條腿永遠不嫌累，就這麼一直手牽著手地走下去就好。

只是很可惜，巷子真的有盡頭，但還好公車站牌前沒人在排隊，只有街邊車水馬龍的熱鬧，小桐讓徐子尚靜靜陪著，直到公車遠遠開過來，在到站前，徐子尚給了她一個好深好長的吻，溫熱的唇幾乎都快讓小桐融化，她差點就想拿出手機，打電話叫郁青乾脆今晚還是別來算了，好不容易分開，自己上車後，街邊還滿是這男人充滿溫暖的目光。小桐找個位置坐下，對著外面的徐子尚揮手道別。她今晚還有工作要忙，但那些只是不需要花費心思的手工而已，她盤算的，是比這更要緊的大事：自從上次颱風夜後，至今已經又過了一段時間，時機是不是真的差不多了？前幾天郁青才忍不住又提起，她說這樣的三角關係總不可能永遠持續下去，站在好朋友的立場，她想了又想，最後認為，如果自己的好友對這份愛已經如此堅決，那她就不該再抱持什麼反對意見，甚至應該轉而支持與鼓勵才對，因此她建議小桐，或許應該挑選一個適當的時機，要求徐子尚做出抉擇。

是呀，抉擇，這一刻遲早會到來的，對吧？許多愛情裡對與錯的問題，也許一個月、兩個月她可以不去想，那些是非或道德什麼的，就算要壓抑一輩子也沒關係，她願意背負，但她不希望的，是自己在徐子尚身邊所能分得的時間，是那種極其微薄的零碎片刻，是那種總得躲著誰的感受，儘管台北很大，要被誰撞見的機率不高，但她不想永遠只能像今天這樣，學校附近是蓉妮平常不太可能會紆尊降貴到來的地方，於是他們總也只能在這附近碰面吃飯或逛街，她想要跟徐子尚去更多地方，也更自由地出入徐子尚的工作室，而不是每次都只能匆匆來去，離開前還得費心抹淨地上每一莖長髮的感覺，她不要，她要的是像今晚這樣，只有純粹的愛，是了，這才是極致而圓滿的感覺，除了愛，再無其他。

小桐忍不住點點頭，車窗外流光閃爍，而她沒被這些繽紛的風景所吸引，想到的，全是年底即將到來的聖誕節，那是她生日隔一天的事，也許那會是個不錯的機會？想著，她下意識地拿出手機，撥打了一通電話，想提早預約他的假日，可惜的是徐子尚沒接。

已經是深秋時節，外頭開始有點涼意，徐子尚把手機放在外套口袋裡，一路疾馳回家，不知怎地，今晚雖然享用了美食，又跟小桐逛了一圈美術社，本該感到萬分甜蜜才對，他卻始終靜不下心，不曉得究竟是受到工作影響，或是傍晚蓉妮忽然來訪的關係。

一邊想著，一邊飛快地騎車回來，但是到了巷口，忽然又心念一動，在街邊轉角的格子商店裡，買了一個很有趣的小東西，那是個易開罐飲料造型的盆栽罐子，這是蓉妮好久之前就說過想要的東西，她老想在辦公室裡種點小花草，只是嘴上說說很久了，卻從來也沒做過，直到徐子尚離職為止，蓉妮的桌上都沒有任何綠色植物，既然傍晚她拿了一盒藍莓口味的蛋糕來，那這或許可以投桃報李一下？把那罐子放進機車置物箱，轉個彎很快就到家，但奇怪的是，徐子尚才剛停下機車，卻看見一個熟悉的身影從騎樓下走出來。

「妳沒回去開會嗎？」心裡一突，臉色陰晴不定，徐子尚看見蓉妮還穿著今天傍晚的那套衣服。

「好濃的起司味道，你晚上去吃了義大利麵？」沒有回答，走近身邊後，蓉妮忽然嗅了一下徐子尚衣服的味道，皺起眉頭說。

「逛完書店就去吃飯呀。」徐子尚吞了口口水，心裡忍不住暗叫一聲好險，慶幸小桐今晚沒跟他一起回來。只見蓉妮臉上似乎沒有任何表情，卻又好像有話想說，他問：「是不是有什麼事？」

沒有回答，蓉妮只是站在那裡，怔怔地看著徐子尚，看了半晌後，她搖搖頭，說：「結婚的事，我看還是先取消了吧，好嗎？」

「為什麼？」愣了一下，徐子尚滿臉錯愕。

「我在想，如果你告訴我，說那只是個普通朋友，你跟一個普通的朋友有約，一起去吃個飯，那或許我還能欺騙自己，能安慰自己，說一切只是我在多心，造成了一些誤會，但是，你卻連說個謊來騙我都不願意。」語氣平靜，聲音裡卻透著不穩定的情緒，蓉妮微微顫抖地伸出手來，似乎握著什麼東西，徐子尚疑惑地攤開手掌去接，蓉妮鬆手時，滑落一滴眼淚，而掉在徐子尚掌心裡的，是一枚很細緻的耳環。

「傍晚去你工作室上廁所時，在門邊撿到的。」蓉妮緩緩地說。

謊言成了愛情裡的必需品，
是因為我們誰也沒有面對現實的勇氣。

30

他很想釐清自己的思緒，找出問題的癥結，或者仔細地權衡得失，做出一個最合理的解釋，然而在屋子裡來回踱步了一整晚，窗外從一片漆黑到慢慢透出曙光，竟是完全沒有任何答案，他甚至連坐下來好好跟自己對話的能力都沒有，不知怎地，想法東飄西盪之外，竟還多了慌張，只是他不曉得這慌張從何而來，也不知道能怎麼排解。

天亮前，他坐在地上，不小心居然睡著，這一整晚的時間，手機響過幾次，都是小桐打來的，以前他喜歡夜裡聽到的電話鈴聲，這一晚卻顯得驚心動魄，每次鈴響都像在敲撼著他分崩離析的心智。

徐子尚在早上九點半醒來，他先定定神，又望了望窗外，確定自己不是活在夢中，也確定自己一個不小心，真的走到了最後的關口，他也隱隱約約知道，自己或許終將面對這一刻，會有一個等待他去做的決定，但多少日子以來，他總是無法鼓起勇氣嘗試去解這道選擇題，儘管從來也沒人逼迫，但他就是不敢多想。這一天是遲早要來的，但那應該還得再等一段時間以後才對，怎麼忽然之間就成了這樣呢？他跟小桐的感情才慢慢穩定，正在逐漸培養，而跟蓉妮之間才稍微消弭了一點過去的刀光劍影，似乎開始有些轉好的趨向，為什麼一切卻又急轉直下，忽地迸出了這個場面呢？徐子尚抽了一整包菸，也想了整夜，然而他的腦袋裡一片混沌，竟是半點主張都沒有，更遑論決定的方向。

恍然間，從窗邊走開，他這才抓起手機，沒有回電給小桐，卻先打給蓉妮，只是電話撥出時，自己不免也在想，接通之後要講什麼？是該解釋些什麼嗎？他不知道蓉妮到底曉得了多少，也不清楚自己接下來該怎麼辦，是要乾脆放棄了，還是繼續跟她談談關於結婚的事？電話後來進入語音信箱，徐子尚猶豫過後，決定再撥兩通，但結果始終一樣。這時間按照慣例，應該是公司剛開完晨會，蓉妮通常已經回到座位上才對，於是他乾脆打到公司去，按了蓉妮的分機號碼，然而接起來的卻是別人的聲音，說蓉妮今天一早就請假了，至於理由與請假天數，他們這些部門裡的下屬居然沒人曉得。

怎麼辦呢？他開始害怕起來，從來不曾有過的恐懼感昨晚沒出現，但奇怪的是現在卻感受到了，他知道蓉妮不是那種會想不開的人，也一直覺得這女孩遠比自己堅強，從來也沒有什麼能難得倒她的問題，而以往他都習慣了讓蓉妮安排他的人生方向，但現在呢？徐子尚忽然發現，自己畏懼的原來並不只是愛情的失去，更是自己對未來的面對能力，他霍地起身，穿上了衣服就要往外跑，但抓起鑰匙時卻又停住腳步，該去哪裡找人？找到了之後又如何？他一點頭緒也沒有。

完全不覺得餓，也沒有心情再去想什麼工作室的發展，一直在家裡待到下午，他只覺得這麼坐困愁城也不是辦法，卻又拿不出任何解決辦法，外面天空開始變暗，不知何時已經下起雨來，他正想起身去關窗時，電話忽然響起，本以為會是小桐，但沒想到來電顯示的卻是他找了一天，急著想聽到聲音的那個人，蓉妮淡淡地說：「要不要下來？我在你樓下。」

騎樓邊已經濺滿了外面的雨水，蓉妮沒怎麼在意褲管上的水漬，她點了一根香菸，看著一臉惶急，快步奔下樓來的徐子尚。乍見蓉妮在抽菸，他也愣了一下。

「不是急著找我嗎，打了那麼多通電話，那現在呢？怎麼又不說話了？」蓉妮吐出一口煙，不會抽菸的她，其實只是這麼吸著吐著，根本沒把煙給吸到肺裡。

「妳……妳今天請假了嗎？」躊躇了半晌，居然只能吐出這麼一句，連徐子尚自己也詫異。

「本來早上還打算進公司的，但是一整晚沒睡，精神很差，去公司大概也沒辦法處理什麼事，所以乾脆請假了。」蓉妮看看手上的香菸，其實燒不到一半，但她直接丟了，猶豫一下，她又點起一根，說：「我一直以為，愛情是我人生中最不需要擔心的事，除了當年的一點小插曲之外，我始終都覺得，不管發生什麼事，工作再忙也好，生活再累也罷，只要一回頭，你應該都在那個我看得見的地方才對。」

徐子尚欲言又止，他很想講話，卻不知道該講什麼才好。說自己一直都在，這顯然不對；說已經想離開，但他又感覺不出自己有這樣的意圖，衝突矛盾之下，他只能呆立在原地，皺著眉頭，一個字也吐不出來。

「我猜自己一定是太天真了，才以為愛情裡會有所謂的理所當然，才會覺得只要照著已經編排好的劇本走，你就會順著我理想中的邏輯，陪著我一路發展到最後。真的，我一直都這麼認為，一直到昨天晚上。」蓉妮說：「很抱歉，昨晚我沒離開，我只在對面的便利商店等你，等你騎上機車，我就攔了計程車，一路跟在你後面。」

「妳跟蹤我？」徐子尚錯愕。

「沒有從頭到尾，我只跟到了餐廳外面，看到你跟她一起進去，之後的，我不想再看下去。」蓉妮搖頭，「我很想告訴自己，這一切都只是誤會，那個女孩子可能只是你的一個普通朋友，也跟自己說，也許是認錯人，那個人並不是你。偏偏事與願違，你在進餐廳前，牽了她的手，也吻了她的嘴。那個人穿著灰色的上衣跟牛仔褲，上衣是我幫你買的，牛仔褲是我陪你去買的，千真萬確，沒有半點能讓我不相信的地方。所以我看不下去了，當然，我也更不可能衝進去，在哪裡跟你理論什麼，我只能決定離開，就回到這兒等著，我想等你回來，也許，你還可以給我一個美麗的謊言，讓我把幾個小時的胡思亂想全都拋開，但很可惜，我連謊言也沒等到。」

「我……」

「如果你要對這件事再做什麼解釋的話，真的可以不用了，沒關係。」臉上露出平淡卻哀傷的微笑，沒有平常跋扈專橫的氣勢，此時的蓉妮給人一種渺小的不存在感，但她說出來的話，卻又讓徐子尚幾乎無法承受。「在昨天之前，我想了很多事情，都是跟你跟我有關的，我以為，你一定也跟我一樣，會想到很多願景，那個願景裡面，會有很多我們以前聊過的、夢想過的，一切幾乎已經在垂手可得的地方了，只差一步，就差那一步，一切就都要實現了，你一定會跟我一樣開心才對。但沒想到，原來你想的方向，卻跟我完全背道而馳。」蓉妮嘆口氣，第二根菸根本沒吸上半口，轉眼已經燒完，她將菸蒂丟下，緩緩地搖搖頭。

徐子尚像個做錯事的孩子，始終低著頭，見蓉妮身子有些搖晃，急忙伸出手想扶她一把，蓉妮卻搖搖頭，往旁退開一步，說：「我猜，你需要一點時間，跟我一樣，對吧？」

「妳……妳要跟我分手嗎？」掙扎著，徐子尚問。

「愛情一定只有這樣的二分法嗎？」蓉妮苦笑了一下，說：「與其問我是不是想分手，你為什麼不問問我是不是還愛你？」看著再也問不出話來的徐子尚，蓉妮說：「我當然愛你，也許表現的不夠明顯，也許表達方式可能不讓你喜歡，但我愛你，我從來都是這麼愛你的呀，你是不是感覺不到了呢？還是，你因為有其他的選擇，所以才忘了有我在愛著你的這件事呢？不管以前念書的時候，或者你當兵，而我開始工作之後，還是我們在同一家公司的日子，跟現在這樣，你在工作室，我在辦公室，無論哪個時候，我好像都不曾說過自己不愛你了，不是嗎？怎麼這故事不是照著說好的那樣，你卻像在翻書，輕輕的一下，就把這一頁給翻過去，就忘了上一頁裡還寫滿了我跟你的名字呢？為什麼會這樣，我想了一整晚都想不出答案，只有滿滿的、滿滿的失望而已，而這失望，不只是對你，也對我自己。是我不好，一定是我哪裡做錯了，或者疏忽了，才會讓你忘了原來還有我在愛你的這件事。」說著，她從皮包裡拿出一本存摺，交給了徐子尚，說：「還差一點點，但距離兩百萬的目標也不遠了，先放你那裡吧，如果工作室生意不好，起碼這筆錢夠你支撐一段時間，」不讓徐子尚拒絕，她又說：「希望它用完之前，你已經想起來有我在愛你的這件事。」

「我沒有忘記呀，從來都沒有的……」徐子尚急了，他眼角泛著一點淚光。但蓉妮比他堅強，搖著頭，她說：「你真的還記得嗎？為什麼我感覺不到了呢？」沒等徐子尚再解釋，她說：「這樣吧，讓我們再給彼此一點時間，好嗎？我們……可能都需要一點時間來想想了。以前的我們，以為那樣的愛情就是全世界，而我也以為，所有的事業、夢想，其實都源自於我們的愛，但其實，這個我費了多少心思才建立的世界裡什麼都有，而世界底下，最缺的原來還是愛。」說完，也沒帶傘，她朝著外面就要走，只是熬了一夜沒睡的她，不只神情憔悴不已，連走路也不怎麼穩，一個不小心，腳下的高跟鞋忽然一滑。

「我送妳回去？」徐子尚問。

一手撐著騎樓邊的柱子，沒有回頭，蓉妮只是搖搖手拒絕，她側著腰，摘下了兩只鞋子，就這麼赤著腳，踩下了地面，在雨水泥濘中，攔住了一輛剛停下的計程車。

「我真的還愛妳。」急著往外追上來，徐子尚說，但蓉妮沒有任何表示，她只在打開車門時，用充滿說不出的複雜深意的眼光，看了徐子尚最後一眼。

這世界裡什麼都有，但最缺的原來是夠勇敢的愛。

31

秋雨連綿，卻絲毫沒影響小桐的好心情，開開心心地從教室出來，郁青本來約一起吃飯，但小桐搖搖頭，她迫不及待想見到徐子尚。

「今天很棒唷，不只是那隻河豚，其他老師也很喜歡我們的作品，他們都給了很高的分數，你應該來看今天的大評，我們班上那些平常自命清高、不可一世的傢伙們，今天真的吹鬍子瞪眼，只能咬牙含恨，看著我跟郁青的大豐收！」滿滿的喜悅，她一口氣說個不停，像是要一吐為快似的，小桐手上拿著飲料，卻一口也沒喝，又說：「而且呀，我們班長他們那一組可完蛋了，今天系主任過來看，他超不爽的，居然叫他們準備重新設計，一切重來耶！現在都什麼時候了，居然要他們從頭再來一次，看到他們目瞪口呆的樣子，我差點沒笑死，郁青也說還好被他們趕出來，否則就得落得跟他們一樣的下場了。」

「那妳這一組都沒問題了嗎？」

「當然沒問題，主任也說很棒，只要按照既定的設計，把後續部分做完，基本上就可以了。」

「那就好，那我就不用擔心了。」徐子尚點點頭。

「當然不用擔心，」小桐興奮地說：「而且今天河豚已經在跟我們討論明年展場的規畫了，我跟郁青聊了一下，也有了初步的構想，還畫了大概的設計圖，我們想用比較簡約的方式來呈現這個作品的展覽風貌，簡約一點也比較符合作品的精神嘛，你要不要先看一下我畫的設計草圖？」

「這個就不用了，妳們只要權衡經費，把東西好好擺出來就好了，沒關係的。」徐子尚依然微笑，只是笑容有點苦澀。

「怎麼了嗎，是不是不開心？」終於察覺了異樣，小桐有些愕然，她本來打算開心地講完今天大評的內容後，就要拿出包包裡的記事本，那裡頭寫了好幾頁的旅行計畫，她把自己存下來的零用錢拿去訂了花蓮跟宜蘭的民宿，總共三天兩夜，她想跟徐子尚共度一個美好的生日假期，並且有意在那裡促使徐子尚下一個最後的決定，她在網路上瀏覽著民宿的美麗裝潢時，甚至已經預先看到了自己的最後勝利。

「昨天，我跟蓉妮攤牌了。」淡淡的，他說。

「昨天？」臉上滿是詫異，小桐問：「怎麼會？你跟她說了嗎？」

「正確地說，應該算是她先跟我開口的。」徐子尚點點頭。

正下著雨，從校門口出來並沒有太多地方好去，兩個人又不餓，所以乾脆又走回學校裡，校園中偶爾會有學生們撐傘經過，這時間很僻靜，天色將暗，系館外面亮著小燈，在吸菸區旁邊的樓梯口，正上方就是小桐他們今天大評的教室。

「她怎麼會找你談這些？是不是你故意做了什麼，想逼她自動退出？現在呢，現在怎麼樣了呢？她說了些什麼？是不是要跟你分手了？」急著想知道內容跟結果，一走到僻靜無人的地方，她立刻轉身就問。

「她沒說要分手，只說要給彼此再多一點時間去想想。」

「再多一點時間？再多的時間又怎樣呢？你跟她都浪費了那麼多年，難道還嫌不夠嗎？」小桐的語氣裡帶著荒謬感，她說：「那你怎麼說？怎麼不乾脆一點，跟她說分手就好了？」她問，但徐子尚沒有回答，他神情嚴肅，凝著眉，雙眼也沒有看著小桐，視線卻朝著地面。

「前兩天，我們來學校附近吃飯的那天，被她看見了。」沒直接說出自己的打算，徐子尚緩緩地說：「那天傍晚，其實她來找過我，在工作室裡，她發現了一枚妳的小耳環，但是蓉妮當時沒有說，她看我出門，就搭了計程車尾隨過來，看到我們去吃飯。」

「這種偷偷摸摸的手段也要得出來？哼。」小桐嗤之以鼻。

「但是她一直等到那天晚上，等我回到家了，才在樓下叫住我。」徐子尚嘆口氣，說：「她後來跟我說了很多話，大部分都是在道歉，說是為了工作、為了夢想，才會忽略了我。」

「那又怎樣？那只不過承認了她平常有多麼不注意你，有多麼沒把你放在心上而已，不是嗎？如果真的有把對方放在心上，她以前又怎麼會是這樣對待你的態度？別說放在心上了，只要稍微有把對方放在眼裡一點，都不應該是那樣的吧？」小桐生氣地說。

「不是的，」徐子尚始終皺著眉頭，說：「蓉妮說的那些夢想，其中有很多是我跟她曾經一起有過的。」

「當一個夢想到最後只剩一個人在努力時，那就不算兩個人的夢想了。」小桐也搖頭，說：「如果她真的夠在乎你，就不會為了這種事而忽略你的存在，甚至還讓你離開公司，你忘了當初發生的那些事了嗎？」

徐子尚不答，他在小石凳上坐下，想抽根菸，卻發現菸盒不知何時已經空了。

「在可以把握的時候，老是不放在眼裡，自以為可以安全無虞，等到失去了，才開始想珍惜、想挽回，這種人才是最悲哀的。」小桐氣鼓鼓地說。

「或許是，但悲哀的不只是她，恐怕還有我吧。」徐子尚嘆氣，說：「即使到了最後，她還是沒放棄要跟我結婚的打算。」

「結婚？」小桐愣了一下，但更多的是隨之而來的驚訝，她從沒聽徐子尚講起這兩個字。

「我之前沒告訴妳，但其實也只是不久前發生的事，是我媽跟她提的，雙方家長都希望我們快點結婚，蓉妮其實不是很重視結不結婚的人，但她老爸都開口了，所以沒辦法，她只好找我談這件事。」

一時間只覺得天旋地轉，小桐從沒想到還有所謂的家長這一環，對她而言，愛情就只是兩個人的事，就算勉強擠進來第三者，那也還停留在等待時機，準備完全佔有所愛的人，這樣一個剛開始的階段而已，怎麼忽然會有誰的家長扯進來，又怎麼會談到結婚了？她稍微定了定神，再看看徐子尚，這時忽然明白，是了，徐子尚跟蓉妮都已經大學畢業，也出社會一段時間了，他們這樣的年齡不正適合婚姻嗎？

「那你呢？你想要嗎？如果你只是想要結婚的話，那你等我幾個月，等我一畢業，我們也可以馬上結婚！」她急著說。

「小桐，妳還不懂嗎？」徐子尚忽然抬起頭來，看著眼前的女孩，他說：「這不是一場兒戲，也不是妳或我誰能說了就算的，妳懂嗎？」

「不懂，我不懂，」小桐搖頭，「我甚至不懂你現在臉上為什麼會有為難，為什麼會有這種我不能明白的難過，按理說，你應該跟我剛剛一樣，感到無比的開心才對，從一段食之無味、棄之可惜的愛情裡掙脫，就像從一窩爛泥巴裡，把深陷其中的兩條腿給抽出來，你不是應該感到高興嗎？如果你是為了一段長達好幾年的愛情終於結束，而覺得些許感傷的話，那我勉強還能理解，也很願意陪你一起度過這樣的低潮，因為低潮過後，我們就可以真正開始新的生活，但你現在這樣……你這樣應該不像是在感傷吧？或者，你還有什麼想說，卻還沒對我說出口的話？」

怔然良久，徐子尚微抬著頭，跟小桐四目交投，彼此對望了良久，最後他頹然低頭，才吐出一句：「也許，該分手的，不是我跟她……」

關於分手，人們所猶豫的，往往不是結果，只是如何說出口。

原來我不是你別開蹊徑的新旅程，
只是一段偶然相遇的岔路風景。

必須要花上好長一段時間，可能是幾個月，可能是幾年，也許是更久的一輩子，必須花上那麼漫長的年月，她才能夠學會、懂得一件事，愛情原來不是算計可得，有些人在愛情裡從來都吝於開口，甚至也缺少付出，這種漫不經心的愛情，隨時都有可能會失去，相反的，卻也可能始終都幸運地保有著；而另一種人則顯得可悲，在愛情裡不斷渴求、不斷籌策、不斷想方設法，然而最後的結果，卻是在即將完美的錯覺之前，在人們最志得意滿的瞬間，宣告功虧一簣，一切付諸東流，這種事要去找誰來給個交代？唯一的理由是不是非常簡單，只能怪上天註定而已？上天不給你時，不管你做了多少，那怕機關算盡，到頭來終究還是一場空罷了，是這樣嗎？小桐嘆口氣，她根本沒注意到自己身上的帆布袋並不防水，雨水已經濕透了全身，這幾天淋漓不止，到處都泥濘不堪，她每一步踩落都濺起一點泥水，卻絲毫沒放在心上，連帆布袋裡的作品被雨淋濕了也不在乎，只是一步步朝著校門外走去，而腦海裡所迴響的，是她沒有答案的自問自答，也是徐子尚剛說的話：

「我以前責怪蓉妮，說她從來沒在愛情裡付出過什麼，但其實，原來我是自私的，就算她什麼都沒做好了，而我呢？我好像跟她差不多吧？又有什麼資格去責怪她呢？甚至，我也許比她都還不如，遇到很多問題時，我不像她一樣勇敢面對，卻只會選擇逃避，所以當初我辭職，我開工作室，甚至，我躲到妳身邊來。」徐子尚說。

「那不是躲，那是你發現自己還能有別的選擇！」小桐急著想解釋，但徐子尚緩緩搖頭，說：「我自己其實是清楚的，那是逃避，那是躲開，那是我假裝自己看不見很多現實的問題而已。」

「不是這樣的，你聽我說……」

「小桐，先讓我說完，好嗎？」徐子尚語氣淡淡的，搖頭，又說：「我知道妳的心情，但不管怎麼說，我自己是清楚的，不管以前我多麼自欺欺人，假裝沒有這些問題，但是，這裡，」指指心口，徐子尚說：「我恐怕已經騙不了自己了。」

「你怎麼能在這時候才這麼說呢？」急得快要哭了，她在地上用力一跺。

「難道不是嗎？」徐子尚聲音忽然大了起來，但並不是生小桐的氣，他說：「難道我還要繼續欺騙自己？難道我真的有機會可以放棄這一切，跟妳到鄉下去過著那種我們其實只能說說的日子？我們要怎麼生活？未來是什麼樣子？妳爸媽會答應嗎？我要丟下我所有的工作就這樣一走了之嗎？在這裡遇到困難，走不下去了，就換一個新的方向，那萬一下一個方向也走不通怎麼辦，難道要無止盡地一直換下去嗎？我們當然可以懷抱著天真的想法，把現實中所有的問題都拋諸腦後，放手不管，但今天可以不管，明天可以不管，那後天呢？大後天呢？未來的每一天呢？我們要把夢建築在什麼樣的地基之上？妳覺得這樣的夢能撐多久？」

沒想過徐子尚會這麼說，更沒料到他原來是這麼想的，小桐只覺得天旋地轉，所有看似堅實的未來構想全像海市蜃樓一樣虛浮，而自己稍微湊近一點，那些畫面瞬間蒸散，竟是半點痕跡也不留下，就像眼前的徐子尚，讓她頓感陌生一樣。

「我不知道接下來還能怎麼做，也不知道路還得怎麼走，我只是覺得，或許自己已經到了應該看清楚的時候，又或者說，也許，我本來就是清楚的，只是不肯承認而已。」舉起雙手，看看自己的手掌，徐子尚近乎崩潰般無力地說：「原來，我是個只會做夢，卻連去握一下未來的勇氣都沒有的那種人。」

為什麼會是這樣的結果？這跟她盤算好的內容完全相反，簡直就像是齣失控的舞台劇，演得荒腔走板，而台下的這位主導人卻絲毫插不上手，只能看著它分崩離析，直到傾覆為止。小桐不可置信地搖搖頭，她完全沒想到徐子尚會說這些，自從闊別幾年，又再度相逢之後，一路走到今天，她就只有那個小小的夢想，而這唯一的心願就快實現的當下，沒有任何預警，那個本該與她一起偕手走到終點的徐子尚，忽然親手敲碎了這場夢。

只覺得疲憊不已，也覺得心力交瘁，小桐垮著肩膀，本來肩背著的包包，現在只剩一條提袋還拉在手裡，包包則垂在地上，她只能用無力的眼神望向徐子尚，問他：「好吧，那請你告訴我，現在，你打算怎麼做呢？」

「夢，也許該醒了。」隔了半晌，徐子尚嘆口氣。

夢，原來都是會醒的，不管在哪個時候，無論用的是什麼樣的方法，只要是做夢，夢就一定會醒的，那只是遲早問題而已，是嗎？小桐站在那兒，只覺得自己全身彷彿都空了，她幾乎忘了呼吸，也忘了自己還有心跳，怔怔地看著徐子尚，看著他充滿絕望地說出那句話，然後站起身來就想走。

「我知道這是一個蠢問題，」小桐忍不住想問。

「有。」徐子尚沒等她問出口，已經點頭。

「這是不是就像你說過的，是一種圓滿了？」不知道為什麼，小桐已經失去了思考能力，但她忽然想起好久好久以前，徐子尚說過的話。

「我不曉得，只知道，有些感覺，我一輩子都不會忘掉。」徐子尚表情好淡漠，像極了那年在大評的教室外，擦肩而過時那一幕的眼神。

「謝謝你。」又望著他的雙眼，望了良久，當雨勢慢慢變大，把她前額的頭髮都凝成了小小一束束，水滴慢慢順著好看的臉頰弧線而流下時，於是小桐點頭。

她是哭著走開的，但眼淚很爭氣，直到轉身之前都沒流下，她不要徐子尚看到那樣子的周芯桐，她只希望他記住的，是一個隨時帶著笑容的她。

有些多餘的話就不說了，或許，說了也只會平添更多的不堪而已，她抬起頭來，任由雨水流過臉頰也滴進了眼裡。說感謝應該是對的吧？同樣是在這裡分別，上一回，她還沒搞懂什麼是真正的愛，只能要弄些小手段，想吸引徐子尚的目光，而現在她似乎已經慢慢了解愛情了，原來愛情一點都不美，雖然有些想像中的美好，但更多的畢竟還是酸楚與苦澀，她一步步蹣跚地走，從系館後面的小徑踏出，不知不覺間，腦海裡就泛過許多跟徐子尚有關的畫面，她很想抓住那個人，牢牢握在掌心裡，這個念頭從大一認識他開始就始終沒斷過，哪怕中間她曾短暫跟別人交往，曾有一兩年時間沒有他的消息，但那念頭一直都在，非但沒有減弱消耗，反而在重逢之後更加劇烈地燃燒起來，只是她依舊不懂控制火候，才終於又一次的，把自己燒成了灰。

夢，都是會醒的，她盤算過很多可能的劇情，盤算過很多可行的步驟，卻從來沒料想到，其實這只是一場夢，而夢境從來也不是人們可以自由掌握的，她在這場夢裡如願以償地成為可以犧牲一切、可以奮不顧身的飛蛾，卻不知道徐子尚終究選擇了清醒的現實。原來如此哪，夢居然就這樣醒了，不由自主、突如其來，沒有半分徵兆，沒有一點預警，只有讓人猝不及防的壓迫感。她走到校門口外，站在雨裡，把肩膀上已經被雨水完全打濕的帆布包給拿下來，隨便它落在地上，只是一步步又往外走。並不是完全沒有挽回的餘地吧？她這麼想，如果自己繼續努力，說不定還有反敗為勝的機會，對吧？自己都做了這麼多了，怎麼可能輸給一個什麼都沒付出過的蓉妮呢？徐子尚會回到蓉妮身邊嗎？只要不放棄，總還有可以努力的空間才對吧？但，為什麼你連我都不要了？如果這樣就結束了，那我曾經有過的付出又算什麼呢？這怎麼算都不公平，不是嗎？就算在愛情裡不能要求公平吧，難道上天沒有半分要可憐的意思，就這樣判定了一個人的出局嗎？

再停步，她抬頭，可惜誰也沒有告訴她答案，只有雨水依舊，唯一的結果，是徐子尚轉身走往另一個方向前，最後的一句話還在耳邊，他說：「對不起，但謝謝妳。」

跟愛過的人說感謝，已經是結束愛情時，最好的結語詞。當我確定我們之間有愛時，是愛情已經結束的時候。

【全文完】

後·記

跟愛過的人說感謝

我曾經以為自己會寫一則充滿痛苦、眼淚、悲傷，甚至崩潰場面的故事來做疼痛三部曲的結尾，還記得《微光角落》、《最好的時光》裡總充滿了哀痛逾恆的畫面，寫得讓人愁腸千結，幾度想要罷手放棄，作者本人入戲太深的下場，就是最後落得了好半年的憂鬱，所幸後來念了研究所，被論文大業壓得喘不過氣來時，給自己《小情歌》跟《後初戀的道別》等幾篇小說的轉折，這才總算好過了些。

但我在想，《後初戀的道別》又算哪門子的輕鬆故事了？

好吧，起碼書寫疼痛三部曲期間，在前兩篇寫完後，我是真的有給自己喘口氣的空間的。直到二〇一三年底前的《獨白》為止。

這是一篇要說疼痛，但又痛得有些不太明顯；要說悲傷，卻也悲得不很徹底的小說。最大的原因，是因為我後來總算慢慢明白，有些淒美孤絕的傷楚，其實未必需要傾覆的淚水，也不盡然得是天人永隔的死絕，我們活在這種多災多難的世界，很多細細的、刺刺的傷，那些你未必好宣之以口，但肯定扎在心裡的痛，往往更讓人永難釋懷，而它總不消失，即便細微，卻偏又擲地有聲。

這樣說會不會太玄了點？

故事寫作的過程中，乃至於修稿階段跟編輯的討論中，我曾經幾度在想，到底刻畫一個這樣的女主角是對或錯的？如果拿這問題去問每一位沒看過這故事的讀者，你認為在愛情裡要點小心機，或者自覺／半自覺地成為一個第三者，然後積極朝著「扶正」的方向努力，這樣算不算違背了我們習以為常的道德界線？我愈來愈覺得這是個模糊的問題，尤其當這年頭的讀者們已經比以前更具寬廣的閱讀口味時，你們在愛情裡所考慮的，跟我在落下思緒而成文字時所盤算的，那是不是一致？老實說，我打從心裡沒相信純愛存在過，不然第一本書也不會寫個《大度山之戀》了。那問題是，十年之後，讀者們接受的東西變得更多元了，你們對《獨白》裡的愛情又如何評價？

我只能承認的是，我們在愛情裡都需要用上一點心機或手段，無可厚非；但我所不能肯定的，則是每段愛情在結束時，尤其，當這段愛情是你煞費苦心經營籌畫才好不容易慢慢累積而來的，當它猝不及防地在你面前轟然崩解時，面對那個你愛的人，你能不能也說感謝？在相戀時，對一個你正愛著的人說感謝，輕而易舉；在愛情崩壞的那時，對一個親手結束這份愛的人，你怎麼說得出口？所以小桐是沒有答案的，徐子尚也沒有答案，而我當然也沒有。身為一個故事的寫作者，我想到的只是在愛裡，人們應該怎麼把握與珍惜，在愛裡，我們應該計較多少得失，以及，在愛裡，需不需要存在著任何後悔而已。

如果沒有後悔，那麼，也許很多事情你／妳／我就應該毫不猶豫地放手一搏，至少，也不辜負了我們才活一回的短暫生命，至於愛過之後，也許是痛了，也許是傷了，也許心都快要死掉了，還給對方一聲感謝，感謝對方，也感謝天，成全過這樣一個我們都可能經歷到的故事，那大概就足夠了。

故事修稿完成於二〇一四年初，疼痛三部曲總算寫完了，你們還喜歡嗎？下回，在我的碩士論文終於完成後，我會說點讓大家都比較開心的故事的，好嗎？

東燁 二〇一四年一月七日於中和

國家圖書館出版品預行編目資料

獨白／東燁（穹風）著. -- 初版. -- 臺北市：商周出版：
家庭傳媒城邦分公司發行, 2014.03
面：　公分. --（網路小說；228）

ISBN 978-986-272-539-9（平裝）

857.7　　　　103002293

獨白

作　　者／東燁（穹風）
企畫選書人／楊如玉
責任編輯／楊如玉

版　　權／翁靜如
行銷業務／李衍逸、黃崇華
總 經 理／彭之琬
發 行 人／何飛鵬
法律顧問／台英國際商務法律事務所　羅明通律師
出　　版／商周出版
城邦文化事業股份有限公司
台北市民生東路二段 141 號 9 樓
電話：(02) 25007008　傳真：(02) 25007759
Blog：http://bwp25007008.pixnet.net/blog
E-mail：bwp.service@cite.com.tw
發　　行／英屬蓋曼群島商家庭傳媒股份有限公司城邦分公司
台北市民生東路二段 141 號 2 樓
書虫客服服務專線：(02) 25007718、(02) 25007719
服務時間：週一至週五上午09:30-12:00；下午13:30-17:00
24 小時傳真專線：(02) 25001990、(02) 25001991
劃撥帳號：19863813；戶名：書虫股份有限公司
讀者服務信箱：service@readingclub.com.tw
城邦讀書花園：www.cite.com.tw
香港發行所／城邦（香港）出版集團有限公司
香港灣仔駱克道193號東超商業中心1樓
E-mail：hkcite@biznetvigator.com
電話：(852)25086231　傳真：(852) 25789337
馬新發行所／城邦（馬新）出版集團【Cité (M) Sdn. Bhd.】
41, Jalan Radin Anum, Bandar Baru Sri Petaling,
57000 Kuala Lumpur, Malaysia.
Tel: (603) 90578822　Fax:(603) 90576622
email:cite@cite.com.my

封面設計／黃聖文
排　　版／新鑫電腦排版工作室
印　　刷／高典印刷有限公司
總 經 銷／高見文化行銷股份有限公司
電話：(02) 26689005　傳真：(02) 26689790
客服專線：0800-055-365

■ 2014 年 3 月 4 日初版
■ 2016 年 4 月 28 日初版7刷

Printed in Taiwan

城邦讀書花園 www.cite.com.tw

定價200元

　ISBN　978-986-272-539-9

商周出版

廣	告	回	函
北區郵政管理登記證			
台北廣字第000791號			
郵資已付，免貼郵票			

104台北市民生東路二段141號2樓

英屬蓋曼群島商家庭傳媒股份有限公司　城邦分公司

請沿虛線對摺，謝謝！

商周出版

書號：BX4228　**書名**：獨白　**編碼**：

請於此處用膠水黏貼

商周出版

讀者回函卡

感謝您購買我們出版的書籍！請費心填寫此回函卡，我們將不定期寄上城邦集團最新的出版訊息。

不定期好禮相贈！
立即加入：商周出版
Facebook 粉絲團

姓名：＿＿＿＿＿＿＿＿＿＿ 性別：□男 □女

生日：西元＿＿＿＿年＿＿＿＿月＿＿＿＿日

地址：＿＿＿＿＿＿＿＿＿＿

聯絡電話：＿＿＿＿＿＿＿＿ 傳真：＿＿＿＿＿＿＿＿

E-mail ：

學歷：□ 1. 小學 □ 2. 國中 □ 3. 高中 □ 4. 大學 □ 5. 研究所以上

職業：□ 1. 學生 □ 2. 軍公教 □ 3. 服務 □ 4. 金融 □ 5. 製造 □ 6. 資訊
□ 7. 傳播 □ 8. 自由業 □ 9. 農漁牧 □ 10. 家管 □ 11. 退休
□ 12. 其他＿＿＿＿＿＿＿＿

您從何種方式得知本書消息？

□ 1. 書店 □ 2. 網路 □ 3. 報紙 □ 4. 雜誌 □ 5. 廣播 □ 6. 電視
□ 7. 親友推薦 □ 8. 其他＿＿＿＿＿＿＿＿

您通常以何種方式購書？

□ 1. 書店 □ 2. 網路 □ 3. 傳真訂購 □ 4. 郵局劃撥 □ 5. 其他＿＿＿＿

您喜歡閱讀那些類別的書籍？

□ 1. 財經商業 □ 2. 自然科學 □ 3. 歷史 □ 4. 法律 □ 5. 文學
□ 6. 休閒旅遊 □ 7. 小說 □ 8. 人物傳記 □ 9. 生活、勵志 □ 10. 其他

對我們的建議：＿＿＿＿＿＿＿＿＿＿

＿＿＿＿＿＿＿＿＿＿

＿＿＿＿＿＿＿＿＿＿

請於此處用膠水黏貼